智慧少年

智慧少年

智慧少年书系
ZHI HUI SHAO NIAN SHU XI

好故事伴成长

杜保东◎主编

学会做人的50个美德故事

天津出版传媒集团
天津科学技术出版社

图书在版编目（CIP）数据

好故事伴成长学会做人的50个美德故事 /

杜保东主编. — 天津：天津科学技术出版社，2012.1（2021.6重印）

（智慧少年书系）

ISBN 978-7-5308-6735-8

Ⅰ. ①好… Ⅱ. ①杜… Ⅲ. ①故事—作品集—世界

Ⅳ. ①I14

中国版本图书馆CIP数据核字（2011）第271034号

智慧少年书系——好故事伴成长学会做人的50个美德故事

ZHIHUI SHAONIAN SHUXI ——HAO GUSHI BAN CHENGZHANG XUE HUIZUOREN DE 50 GE MEIDE GUSHI

责任编辑：杜宇琪

责任印制：刘　彤

出　　版：天津出版传媒集团 / 天津科学技术出版社

地　　址：天津市西康路35号

邮　　编：300051

电　　话：（022）23332399

网　　址：www.tjkjcbs.com.cn

发　　行：新华书店经销

印　　刷：永清县晔盛亚胶印有限公司

开本 690 × 940　1/16　印张 10　字数 200 000

2021年6月第1版第5次印刷

定价：35.00元

前言

我们需要用美德来填充心灵，才能与人们友好相处，创造美好和谐的社会。美德是什么？它是人类所有高尚品格的代名词，包括诚实、勇敢、自律、勤劳、节俭、孝敬等。一个人只有拥有了美德，让美德填补性格中的缺陷，才有资本和能力去创造财富，实现人生的价值。美德，对于每个人来说，不仅仅是修炼自身人格、提升魅力的重要因素，还是我们身体中流淌着的血液传递给我们的一种民族精神。

对于学生而言，美德的教育是潜移默化的，除了言传身教，最直接有效的方法就是阅读事例。于是我们精心挑选了50个美德故事，编成《好故事伴成长学会做人的50个美德故事》。美德故事的前面，还配有一幅多格漫画，它表现的是与主题故事含义相同的另一个故事，目的在于从多个角度表达主题含义，使读者理解得更深刻。

此书最独特的一点，是编者在点出故事寓意的同时还有一个做一做栏目。它围绕故事的主题，告诉读者在实际生活和学习中，具体该做些什么，应该怎样做，有什么是需要改正的，有什么是应该发扬的。它就像孩子成长中的点金石，更是陪伴孩子身心健康成长的良师益友。

编者

目录

智慧少年

1 百合花

——培养执著的美德

美德故事

在一个遥远偏僻的山谷里，有一个高达数千尺的悬崖。不知道什么时候，断崖边上长出了一株小小的百合。

百合刚发芽的时候，长得和野草没太大的区别。但是，它心里知道自己并不是一株野草。在它内心深处，有一个坚定的信念：我是一株百合，不是一株野草。唯一能证明的方法，就是绽放出美丽的花朵。有了这个念头，百合深深地扎根，直直地挺着胸膛，努力地吸收水分和阳光。终于在一个春天的清晨，百合的顶部结出了第一个花苞。

百合心里非常高兴，而附近的那些野草却对它不屑一顾。它们在私底下嘲笑着百合："这家伙和咱们明明一样，可它偏说自己是一株花，看来它顶上结的不是花苞，而是头脑长瘤了。"在公开场合，它们则讥讽百合："你不要做梦了，别说你不会开花，即便你真的会开花，在这荒郊野外，也没人会欣赏你。"

偶尔有飞过的蜂蝶鸟雀，它们也劝百合不用那么努力地开花："在这断崖边上，纵然开出世界上最美的花，和周围的那些草又有什么不同呢？一点价值都没有。"百合却说："我要开花，是因为我知道自己有美丽的花；我要开花，是为了完成作为一株花的庄严使命；我要开花，是由于我希望以花来证明自己的存在。不管有没有人欣赏，不管你们怎么看我，我都要开花！"

百合不理会野草和蜂蝶的鄙夷，努力地释放内心的能量。终于在一天早晨，它开花了，那灵性的洁白和秀挺的风姿，成为断崖上最美丽的一道风景。这时，野草与蜂蝶再也不敢嘲笑它了。百合花一朵一朵地盛开着，花朵上每天都有晶莹的水珠。野草们以为那是昨夜的露水，只有百合自己知道，那是深深的喜悦凝成的泪滴。

年年岁岁，百合努力地开花、结籽。它的种子随着风，落在山谷、草原和悬崖边。终于，整个山谷都开满了洁白的百合。几十年后，人们千里迢迢来到这个山谷，欣赏百合花。后来，那里被人称为"百合谷地"。

花香思语

行动之前，我们可能都会遇到别人的冷嘲热讽，但我们要清楚自己所要达到的目标，不要让这些冷言冷语浇灭了梦想的火焰。我们要执著于自己的梦想和追求，用锲而不舍的精神来证明我们的能力。

做一做

人人都懂得执著，却很少有人能够真正做到。执著需要有明确的目标和克服困难的热情、信心以及力量。

1. 有明确的目标。人生要有大的目标，每个阶段还要有一个小的目标。只有确定了目标，才有执著的方向。

2. 相信自己，适时地鼓励自己。人的情绪总有高潮低谷，小朋友也不例外。自己要学会适时地给自己加油，告诉自己“我能行！”“加油啊！”。还可以用名言来自我激励，比如在书的扉页写上激励人的话语，在床头贴上名人名言。

3. 保持乐观的心态。人不可能一帆风顺，遇到挫折时，不能悲观失望，只有保持乐观开朗的心态，才可能成功。

4. 不轻言放弃。当你遇到难题时，思考了几分钟没有头绪就放弃思考。这样做是不对的，而应该多想一想，用各种思路去解答，实在想不到再去请教别人。

2 剃光头
——培养珍惜友谊的美德

美德故事

罗伯特从幼儿园回到家，将书包随便一甩，就坐在沙发上不说话了。妈妈感到很奇怪，忙问："怎么了，老师批评你了吗？""妈妈，我们班的杰克得了癌症，不来上学了。"罗伯特难过地说道。"他不会有事的，我们要有信心，癌症并不意味着死亡，对不对？"妈妈说。罗伯特犹豫地抬头看着妈妈，不安地说道："老师说，他正在做化疗，头发都掉光了。""我想，过不了多久就会长出来。"妈妈心里一阵难过。"我和几个小伙伴约好了，准备明天去医院看他。"听了儿子的话，妈妈感到很高兴："好极了。"罗伯特低着头小声说："我们想把头发剃光。"妈妈愣住了。罗伯特抬起头勇敢地说："妈妈，带我去理发店，我想剃光头。"妈妈不知道说什么才好，呆呆地站在那儿。罗伯特再次恳求道："这是我的主意。我跟汤姆和路易说，我们也把头剃光，好让杰克放心，我们跟他一样，他就不怕了。"妈妈看着儿子，非常感动，她决定陪罗伯特去理发店。她默默地想：让孩子学会去爱人、关心人，让他们有一颗善良、怜悯的心，这样世界才会变得更温暖。

在理发店里，罗伯特高兴地唱着歌。没多久，汤姆和路易也来了，他们的家长都以此为荣，连理发师也被感动了，对他们说："你们都是好样的，我今天免费为你们理发。"望着三个小光头，妈妈忽然想起了一些童年往事。因为自己小时候头发稀疏，害怕出去见人，爸爸替她出了一个主意：每次出门时，就让她戴顶帽子。因此，她现在留存了很多帽子。回到家里，妈妈对罗伯特说："我有个好提议，明天去医院前，我要送你们每人一顶帽子，你说好不好？我有一顶珍贵的帽子，那是我小时候你外祖母从英国买来送给我的，现在依然很新，你带去给杰克，他一定会喜欢的。"罗伯特高兴极了，搂着妈妈说："妈妈，你真是我的好妈妈。"

做一做

1. 一起玩耍、做游戏。有了新玩具时，请同学们一起玩。这样，不仅更加快乐，而且增进了同学间的友谊。

2. 相信你的朋友。信任一次朋友，双方都会感到彼此之间的友谊增加一分。反之，如果表现出对朋友不信任，彼此之间的友谊就会减少，甚至不再把对方当成朋友。

3. 主动向朋友问好。很多同学都喜欢别人主动找他说话，好像这样才能显示自己多么受欢迎。这是错误的想法。要想有更多的朋友，应该主动向朋友问好，尤其是关心朋友。星期一见面时，关心地问一问同学是怎么度过周末的；同学情绪不好的时候，要关心地问一问是不是遇到了什么困难；同学生病的时候，要问一问病情怎么样了，好点了没有等。

4. 真诚地帮助朋友。朋友不是挂在口头上，而应该是有福同享、有难同当。最珍贵的友谊表现在有困难的时候。如果你的一个朋友，在你遇到困难时躲得远远的，你还会当他是朋友吗？每个人的感受都是一样的。所以，珍惜友谊就必须在朋友困难时，主动伸出援助之手。

5. 不要和朋友开过分的玩笑，那样只会破坏朋友间的友谊。当某位同学被老师批评时，有些调皮的同学会在下课后，对着这个同学怪声怪调地重复老师的话，引起同学们的轰然大笑。或许同学们没有任何恶意，但却会深深地伤害这位同学，给他的心理造成难以抹去的阴影。

花香思语

几乎没有孩子喜欢把自己的头发剃光，因为那实在是太难看了。但是故事中的几个孩子，为了照顾朋友的心情，主动要求剃光头发。这不仅体现出友谊的力量，还体现出他们那颗纯真、善良的心。小朋友，你有没有为朋友做过什么呢？看到这几个孩子的做法，你们是不是也有些感动呢？

3 黄香扇枕温席
——培养孝敬父母的美德

美德故事

黄香是东汉时江夏安陆人，从小就受到父母的良好教育，能写一手好文章，当时京城文人间就流传着“江夏黄香，天下无双”的说法。黄香最难能可贵之处不在于他的文学才华，而是他孝敬父母、尊重长辈的品德。

黄香9岁那年的夏天，天气十分炎热。他还就着油灯，刻苦地学习和研读文章，一直到很晚。母亲走进屋来，替黄香整理好床铺和帷帐，嘱咐他早点休息，于是他听话地上了床。可是躺在床上，黄香怎么也睡不着。天气实在太热了，汗不停地往下淌，还有蚊子在黑暗中飞来飞去，发出嗡嗡的低鸣。他只得用蒲扇一下一下地驱赶着热气和蚊虫。扇着扇着，黄香突然想到，父母的床铺不也是一样的酷热吗？他们累了一天，这样的床怎能让他们安睡？想到这里，黄香轻轻地从床上爬起来，跑到父母床前，掀开帷帐的一角，用扇子一下下扇着凉风。当父母进屋看到黄香时，他已经是全身流汗了。母亲心疼地替黄香擦汗，一边责怪他说：“你怎么深更半夜不睡觉，跑这儿来扇风，真是个傻孩子。”黄香天真地回答说：“我用扇子扇扇，赶走蚊虫，让枕席凉些，好让你们睡得舒服一点。”后来，黄香每晚都不顾父母劝阻，替他们扇枕席，直到夏天过去。

夏去冬至，天气变得非常寒冷，北风呼呼地刮着，一到晚上，被子里冰凉冰凉的。黄香睡在自己床上，好久都没有感到一丝暖意。他裹紧被子，蜷起双腿，忽然又想到父母，他们年纪渐渐大了，睡在床上，不是更冷吗？想到这里，黄香钻进父母的被子，用自己的体温为父母暖被。过了好一会儿，被子焐暖了，他才回到自己床上睡觉。这样，黄香天天都提早上床，先睡到父母床上替父母暖被，再回自己床上。母亲发现了就问他：“你这是在做什么呢？”黄香回答说：“天太冷了，我替父母暖暖被子，这样睡起来暖和些。”母亲听了非常感动，连声说：“你真是个孝顺的好孩子！”

黄香为父母扇枕和温席的事，被街坊们知道了，大家都交口称赞这个懂得孝敬双亲的9岁孩子。

后来，黄香长大后做了魏郡的太守。他十分爱护百姓，经常为百姓办好事，遇上灾年，他还总是拿出自己的俸禄赈济灾民，百姓们都非常感激这位具有崇高品德的好官。

花香思语

孝顺是中华民族的传统美德。在人的成长过程中，每一步都离不开父母的关怀。懂事的孩子应该多替父母着想。

做一做

1. 听爸爸妈妈的话。俗话说：“不听老人言，必定受艰难。”他们对你说的话，都是他们人生经历和深思熟虑的结果，对你一定是有利的。

2. 不向爸爸妈妈提过分的要求。父母对儿女的爱是最无私、最伟大的，只要儿女快乐，他们愿意付出一切。如果爸爸妈妈认为你需要什么，一定会给你买。但是如果你提出过分的要求，就是你任性、不懂事的表现，那样会让他们伤心的。

3. 当爸爸妈妈误解你的时候，你不要怒气冲冲地和他们争吵，而应该等大家心情都平静了以后，再向他们解释这件事情。

4. 做力所能及的家务，减轻父母的负担。

5. 好好学习。在学习上让爸爸妈妈少操心，这是对他们最好的孝敬方式。

4 “我要用中文”

——培养热爱祖国的美德

美德故事

丁关海是丁肇中的父亲，1934年毕业于山东大学中文系，后到美国密歇根大学学习土木工程。王隽英是丁肇中的母亲，当年也在美国留学。他们身在海外，心系祖国，一心想把丁肇中生在中国，但是因为早产的意外，丁肇中成了美国公民。

在20世纪70年代之前，物理学界一直认为物质的最小结构是由三种夸克组成的，但是丁肇中却不相信只有三种。他通过长期艰苦的探索，终于找到了组成物质的第四种最小结构。因为“丁”与英文的“J”很相像，所以丁肇中便把新发现的粒子命名为“J粒子”。1976年10月18日，丁肇中因此获得了诺贝尔物理学奖，当时他只有40岁。美国总统福特在发给丁肇中的贺电中说：“基本知识的重大进展，能够导致科学上的更进一步突破，进而造福人类。”

科学没有国界，但科学家有祖国。丁肇中是一位科学家，更是一位热爱祖国的人。在这非常激动和幸福的时刻，他做出了一个极其庄重而神圣的决定，通知瑞典皇家科学院：“我要用中文在颁奖典礼上发言。”瑞典皇家科学院积极、友好地表示欢迎。同时，又不无担心地问：“谁做翻译？”丁肇中答：“我自己做翻译。”这一消息见报之后引起了强烈反响，深深感动了不同国家、不同肤色和使用不同语言的人们，他们发自内心地感叹：“丁肇中是要将荣誉献给祖国。”

可是，美国驻瑞典大使找到丁肇中，不满地说：“我们美国和中国的关系不好，你用中文是不对的。”丁肇中十分珍惜美中人民的友谊，也期盼美中关系的不断改善，但面对指责，他毫不留情地顶了回去：“我愿意用什么文字就用什么文字。”就这样，这位美国大使碰了一鼻子灰。他大概永远也不会理解：丁肇中这个出生在美国的公民，为什么会有一颗不变的中国心。有人说，祖国是父亲的土地，语言是母亲的舌头，也有人说，语言是历史的档案，在那次颁奖典礼上，丁肇中又创下了一个世界纪录：他使这个大厅里回荡起从未使用过的一种语言——中文。最近，中央电视台的一位节目主持人问道：“您当时选择中文的目的是什么？”丁肇中答：“就是因为在颁奖典礼上从没有出现过中文。而中文是世界上最重要的语言之一。”主持人问：“但是您在用中文作演讲的时候应该说现场绝大多数的人，都是听不懂的。”丁肇中答：“那与我没关系。因为它是全球广播。”主持人为了进一步验证和确认自己的判断，又问：“您希望更多的中国人，或说中文的人能够听得懂？”丁肇中只答了一个字：“对。”

花香思语

爱国主义是千百年来巩固起来的对祖国最深厚的感情。履行热爱祖国的天职是一种最纯洁、最温柔、最敏锐、最强烈、最高尚和最值得敬重的行为。

做一做

1. 参加升国旗时，要深情地向国旗敬礼，在心里默默立下为祖国而奋斗的志向。

2. 认真佩戴红领巾。国旗是革命烈士用鲜血染红的，红领巾是国旗的一角，和国旗具有同样的意义。

3. 假期和爸爸妈妈一起出去旅游，感受祖国的山河锦绣、壮丽奇观。

4. 读历史故事，参观历史遗迹，热爱民族的历史。

5. 看新闻联播，培养每天读报的习惯，关心祖国的命运。

6. 把爱国之志变成报国之举，为振兴中华而勤奋学习。

5 驯马术

——培养艰苦磨炼的美德

美德故事

很久以前，阿拉伯有一位著名的驯马师，他驯马的技术非常高超。他驯出来的马战无不胜，被人们称为神马。

熟悉驯马师的人都知道，每天早上，驯马师都会指挥着一群马绕圈子跑，这其中有雄健的大马，也有很小的幼马。驯马师的助手则一边呵斥着马，一边抓着马鞍左右跳跃，看起来活像马戏团的特技表演。到了中午，沙漠中的太阳很毒，驯马师和他的助手趁着这个机会骑马向沙漠深处奔去，下午4点，当他们返回时，人们才发现每人手上都拿着一把弯刀，仿佛出征归来的样子。这样，一批优良的马就被训练出来了。

有人问驯马师："你为什么让那么多马绕圈子跑呢?"

驯马师说："因为我要教会那些小马跟在大马身后，学习听我的口令。没有大马的带领，小马是很难教会的。如果我是老师，那么大马就是家长，我在学校教导，父母在家中带领，任何一方都不能少。"

"那你的助手为什么要抓着马鞍左右跳跃呢?"

"抓着马鞍左右跳跃，就会使马的负重不均衡，而进行这样的训练，就是要教马学会平衡，维持稳定。

至于中午正热的时候骑马到沙漠里去，是因为让马在一望无际、烈日炎炎的沙漠里奔跑，是一种磨炼。只有经得起这样的磨炼，才能成为千里马。而手中的弯刀，是我们故意舞给马看的，用刀光闪烁来刺激马的眼睛。经历这种场面，才会镇定自若，成为最好的战马。"

Hi

花香思语

千里马也是经过无数的艰苦历练练出来的。没有磨砺，必不能成材，人亦如此。不经历挫折，不经历磨炼，就不会懂得欣赏雨后彩虹的绚丽，就不会有走过荆棘昂起头的那份坦然。

做一做

1. 亲自给爸爸妈妈做一次饭。从买菜、洗菜、切菜，到煮饭、炒菜、刷碗，体验爸爸妈妈做饭的辛苦。如果不会做的话，让妈妈在旁边指导。

2. 坚持不懈地做完每一件事。做事情要有始有终，不管遇到什么困难，都要想办法去克服，不知不觉中培养了克服困难执著不懈的品德。

3. 和朋友合作，共同完成比较困难的事情。遇到困难时，如果一个人无法完成，也不能轻易放弃，找适合的人帮忙合作完成这件事情，同样可以磨炼你的品格。

6 二十五年前的梦想

——培养追求梦想的美德

美德故事

英国有一位叫布罗迪的教师，他在整理阁楼上的旧物时，发现了一叠练习册。这些练习册是皮特金中学B(2)班51位孩子的春季作文，题目叫《未来我是……》。他本以为这些东西在德军空袭伦敦时被炸飞了，没想到它们竟安然地躺在自己家里，并且一躺就是25年。

布罗迪顺便翻看了几本，他很快被孩子们千奇百怪的自我设计迷住了。其中，有一个叫彼得的学生说，未来的他是海军大臣，因为有一次他在海中游泳，喝了3升海水，都没被淹死；还有一个学生说，自己将来必定是法国的总统，因为他能背出25个法国城市的名字，而同班的其他同学最多的只能背出7个；最让人称奇的，是一个叫戴维的盲学生，他认为，将来他必定是英国的一位内阁大臣，因为在英国还没有一个盲人进入过内阁。总之，51个孩子都在作文中描绘了自己的未来。有当驯狗师的；有当领航员的；有做王妃的……五花八门，应有尽有。布罗迪读着这些作文，突然有一种冲动——何不把这些本子重新发到同学们手中，让他们看看现在的自己是否实现了25年前的梦想。当地一家报纸得知他的这一想法后，为他发了一则启事。没几天，书信便向布罗迪飞来了。他们中间有商人、学者及政府官员，更多的是没有身份的人。他们都表示，很想知道儿时的梦想，并且很想得到自己的作文本，布罗迪按地址一一给他们寄了过去。

一年过去了，布罗迪身边仅剩下一个作文本没人索要。他想，这个叫戴维的人也许死了。毕竟25年了，25年间是什么事都会发生的。就在布罗迪准备把这个本子送给一家私人收藏馆时，他收到内阁教育大臣布伦克特的一封信。他在信中说，那个叫戴维的就是我，感谢您还为我们保存着儿时的梦想。不过我已经不需要那个本子了，因为从那时起，我的梦想就一直在我的脑子里，我没有一天放弃过。25年过去了，可以说我已经实现了那个梦想。今天，我还想通过这封信告诉其他的50位同学：假如谁能把15岁时想当总统的愿望保持25年，那么他现在一定已经是总统了。

花香思语

每个人心中都有一个多彩的梦想，但是过了很多年之后你是不是已经忘了它呢？假如你能把15岁时的梦想保持25年，那么25年后梦想就变成了现实。因为，只要你有毅力和恒心，没有什么事是做不到的，贵在坚持。

做一做

1. 有实现梦想的强烈愿望。有梦想就会有追求，实现梦想的愿望越强烈，奋斗才会更加有动力。可以把梦想写在日记的首页，或者其他经常看到的地方来激励自己。

2. 遇到挫折的时候，不要轻易放弃，这时可以幻想一下实现梦想后的心情。然后回到现实，看着眼前的挫折，你会说：“为了美好的未来，这点挫折算什么！”相信你一定能冲破一道道障碍的！

3. 努力学习，奋力追求梦想。人的梦想各不相同，但是追求梦想的过程却有相同点，就是学习科学知识。只有现在努力学习，掌握了知识，才有可能实现心中的梦想。

7 把花留在这里

——培养分享的美德

美德故事

有一位牧师被派到新教区，他发现前任牧师种了数百株郁金香。然而在附近学校上学的学童走过花园时，见花便摘。于是牧师在每天早上学童走过时，便站在花园里，有个学童问他："我可以摘一朵花吗?"

牧师问："你要哪一朵?"那孩子选了开得最美的一朵郁金香。牧师接着说："这朵花是你的。要是把它留在这里，它过很长时间也不会凋谢。而采摘后，它只能活数小时。你想把它怎么样? "

孩子想了一会儿说："我要把花留在这里，过一会儿再来看它。"

当天下午，有十多个孩子都在这里分别选择了他们喜欢的花，但每个人都同意把他的花留在花园里，免得过早凋谢。那年春天，牧师送出整个花园的花，但一朵花都没有被摘走，还结交了大批朋友。

花香思语

共同拥有人人都有，私自拥有反而一无所有。与人共有，是这个社会大家庭里每个人都必须具备的宝贵德行。我们每个人只是奉献了一朵小花，便拥有了满园的春色。

做一做

1. 当别人向你借东西时，你应该大大方方地借给他。

2. 有好吃的应该给同学朋友分一部分，大家一起吃，这样吃起来才会更香更美味。当你吃完以后，不管多想吃，都不应再去吃已经分给别人的那部分。

3. 有好玩的要和同学们一起玩。那样，这个游戏或者玩具就会带给更多人快乐。

4. 同学之间互相讲一些开心的事情，或者讲讲大家都感兴趣的故事。当你把故事讲出来，你脑子中的故事不仅不会减少，还会增多呢。

8 勇敢的“胆小鬼”

——培养勇敢的美德

美德故事

什么是勇敢呢？读了这个故事后，你就知道了。

放学后，罗伯特和亨利一起回家。在路口的转弯处，他们看到有人在那儿打架。罗伯特很感兴趣，对亨利说："走，我们也过去瞧瞧吧。"

"不，"亨利摇摇头说，"我想我们最好不要去参与那种事，还是回家吧。我们又不知道怎么调解，相反，如果我们被卷了进去，就麻烦了。"

"那有什么呀？不敢去是吧，真是个胆小鬼！"罗伯特说着，就自己去了。亨利则回了家。下午，他们仍像往常一样去上学。

可是，因为中午的事，罗伯特一见到他的同伴们，就说亨利是个胆小鬼，他们还一起嘲笑他。亨利没有生气，因为他有自己的看法，他觉得不能用真正的勇气去做让别人责备的事，那样是不值得的，他只是不想做错事而已。

过了几天，发生了一件事，让大家改变了对亨利的看法。那天，罗伯特和他的伙伴们一起去游泳，他不小心掉进了深水里。罗伯特拼命地喊救命，可都是白费力气，他的伙伴们——曾经叫过亨利胆小鬼的男孩——很快都上了岸，没有一个人去帮他。

罗伯特很快开始往下沉。这时，亨利赶到了，他赶忙脱下衣服，跳进水里。在罗伯特即将沉入水底的最后一刻，亨利抓住了他的手。亨利用尽全身的力气才把罗伯特拖到了岸上。罗伯特得救了。

事后，罗伯特和那些曾经叫亨利胆小鬼的孩子们，都感到十分羞愧。因为在关键时刻，他们中没有一个人比亨利更勇敢。

花香思语

真正的勇敢不是看谁先捅掉马蜂窝，谁爬得最高，而是像亨利一样，在最关键的时刻冷静勇敢地把罗伯特救起来。可爱的亨利不仅是一个勇士，而且还是一个英雄。在他们当中没有一个人比亨利更为勇敢了。

做一做

我们无论是在生活中，还是在学习上，都要勇敢，不要害怕。

1. 当我们到了陌生的环境时，比如转学到了一个新学校，要勇敢地和周围的小朋友、同学说话，因为今后自己就要和他们在一起学习生活了，所以要尽快地和他们熟悉，成为好朋友。

2. 家里有老人突然生病，而爸爸妈妈又不在家，不要害怕，也不要慌张，记住要拨打120，向医生求救。

3. 发现有地方失火的时候，要想办法尽快离开，拨打119向消防员求助。

4. 发现有行窃或其他违法事件时，千万不要和坏人单打独斗，要在保证自己安全的情况下，拨打110报警，通知警察或其他成年人。

5. 和同学发生争执时，不要打架。和同学打架不是勇敢，宽容忍让才是真正的勇敢。

9 天堂与地狱

——培养合作的美德

美德故事

一个人问上帝："为什么天堂里的人快乐，而地狱里的人一点也不快乐呢?"上帝说："你想知道吗? 那好，我带你去看一下。"

他们先来到地狱，走进一个房间，这时正是午饭时间，许多人围坐在一口大锅前，锅里煮着味美的食物。可每个人都又饿又失望：原来他们手里的勺子太长了，没法把食物送到自己的嘴里，虽然食物很可口，可是他们却吃不到，所以一直很痛苦。

上帝说："我们再去天堂看看吧。"于是他们来到天堂，来到了一个房间，他们看见的景象是这样的：虽然他们手里的勺子也很长，可是，这里的人都显出快乐又满足的样子。这个人很奇怪，因为这里和地狱没什么两样。

"感到奇怪么?"上帝笑着说，"你看下去就知道了。"

晚饭时间到了，只见这里的人围坐在锅边，用勺子把食物送到了别人的嘴里。原来，天堂和地狱的区别，只是人们用勺子的方法有所不同。

花香思语

如果我们每个人都只是想着自己的利益，而不去考虑别人，我们面对的将永远是一锅看得见喝不着的汤，周围也变成了地狱一般的黑暗。只有我们互相帮助，相互扶持，才能拥有充满阳光的世界，犹如天堂般的和谐明亮。

做一做

1. 要明白帮助别人和与对方竞争并不矛盾。有些同学认为，在学习上帮助了其他同学，同学就会超越自己，那样自己就落后了。其实你帮助同学，你的知识并没有减少，反而增强了你的记忆，还会在帮助同学的同时受到更多启发，共同提高。

2. 在合作中不要总是挑别人的错误和毛病，而应该看到别人的优点，真诚地赞美对方，并谦虚地向对方学习。

3. 当资源不够用的时候，要轮流使用，或者共同使用。比如只有一只毽子，但是同学们都很想玩，那就可以分成两组，从中间划开一条界线，分别站在两边把毽子互相踢给对方；也可以一个一个地轮流踢。

4. 有不懂的问题就请教同学，在同学给你讲解的时候要认真听。如果别人向你请教问题，你一定要耐心地给对方解答。如果大家遇到了共同的难题，就要一起找解答的方法。

5. 多玩一些有分工合作技巧的游戏。人生的很多技能和品德都源于小时候的游戏，所以从小选择玩什么样的游戏很重要。培养合作技巧的游戏都是集体游戏，比如踢足球、跳大绳等。

10 逃难的国王

——培养有责任心的美德

美德故事

很多年前，有一个国王，在他统治的时期一点都不太平。强大的邻国频繁侵略他的国家，入侵者大都勇猛善战，几乎每战必胜。他的国家似乎就要灭亡了。

国王带着自己的军队抵抗着敌人的入侵，但经过多次奋战之后，国王的军队还是溃散了。每个人都尽力保全性命，国王也是如此。他将自己伪装成一名牧羊人，独自逃进了一片森林。

经过了几天的流浪，他感到饥饿和疲惫，终于，他看到了一间伐木人的小屋，便敲了敲门，开门的是伐木人的太太。国王向她乞求一些食物，并请求暂住一宿。国王的外表太寒酸了，她完全不知道他真正的身份。她说："如果你能帮我看着这些放在炉子上的蛋糕，我就给你一顿饭。我要出去挤牛奶。你小心看着蛋糕，不要让蛋糕烤焦了。"国王靠着火炉坐下来。他全神贯注地看着蛋糕，但没过多久，他的脑子里就满是他自己的烦恼：怎样重整军队，之后，又该如何抵御敌人的攻击。他想得越多，就越觉得希望渺茫，甚至他开始相信再继续奋战下去也是没有用的。就这样，他忘了要照看蛋糕的事。

过了一会儿，那位太太回来了。她发现小屋里满是烟，蛋糕变成了烧焦的脆片，而国王坐在炉灶边，出神地瞪着火焰，根本就没有注意到蛋糕已经烤焦了。

那位太太生气地喊道："你这个没有用的家伙，看看你做的好事，你让我们都没有晚餐吃啦！"国王从思考中回过神来，只是惭愧地垂着头。刚好伐木人回来了。他立刻就认出那个坐在炉灶边的陌生人。他对太太说："你知道你骂的人是谁吗?这是我们高贵的国王。"他太太吓坏了，忙跑到国王的身边跪下，乞求他原谅自己刚刚严厉的话语。但是睿智的国王请她起身，说："你骂得没错，我说我会看好蛋糕，而我却把蛋糕烤焦了。谢谢你让我明白了一个道理——任何人接受了一项任务，不管任务大小，都要对这个任务承担责任，去认真地完成它。现在，我要去尽我当国王的责任。"

国王再度重整军队，并且将责任心的意识灌输给每一位将士，这支担负着国家使命的军队变得极富战斗力，很快就将敌人打败了。

花香思语

我们在做任何一件事的时候，都需要有很强的责任心。要知道我们的存在不仅仅是我们自己的事，我们是这个社会的一分子，肩上都扛着社会赋予我们的使命。哪怕是再小的责任，我们都要重视，在重视小责任的同时，也会培养我们对未来大责任负责的使命感。

做一做

1. 你和同桌是今天的值日生，当老师批评你们的卫生没有打扫干净时，你不能因为那一块的卫生是同桌打扫的，就认为没有你的责任。既然你是值日生，你就有责任打扫所有的卫生，如果同桌疏忽了，你应该提醒他，或者一起打扫。

2. 同学因为有事没做作业，到了晚上他来你家，想抄你的作业。你怎么做呢？如果你是一个有责任心的学生，你应该让他自己完成。作业是巩固学习的一个环节，如果你让他抄作业，那就是对同学不负责。

3. 自己的事情自己做，是对自己有责任心的表现。自己收拾床铺、自己洗衣服、自己收拾房间等。

11 不忘恩惠的老鹰

——培养感恩的美德

美德故事

农夫看到猎人的罗网里有一只老鹰，而那只老鹰的翅膀受伤了，正在伤心地哭泣。农夫见状动了恻隐之心，便对猎人说："老哥，把这只老鹰卖给我吧，我很喜欢。"

猎人同意了农夫的请求。农夫把老鹰带回家，为它洗净伤口，包扎好后，还给它喂了一些粮食。在农夫的精心照顾下，老鹰的伤口好得很快。

有一天，农夫从地里回来，发现老鹰已不知什么时候从他家里飞走了。农夫很后悔，自言自语地说："真没良心，我救了它一命，现在连声谢谢都没说就飞走了，我以后再也不做好事了。"

某个冬日，农夫正靠着墙根晒太阳，碰巧那堵墙快要倒塌了，农夫却没有觉察到。正在这时，天上飞来一只老鹰，它用爪子抓走了农夫头上的帽子飞走了。农夫起身去追，发现抓走他帽子的刚好是被他救过一命的老鹰，农夫愤怒至极，他边追边骂："你这个该死的家伙，我先前救了你一命，你不曾报答，现在又来抢我的帽子……"

农夫的话还没有说完，突然听到"轰隆"一声，农夫回头一看，刚才自己靠着的那堵墙已倒塌了，而他的帽子，正从天空掉到了他的面前。

花香思语

怀有一颗善良的心，多行善事，给他人以关爱，必定会受到他人的尊重与感激。当我们受到他人的恩惠时，应该牢记在心，在适当的时机给予相应的回报，正所谓：“滴水之恩，当涌泉相报。”

做一做

1. 父母对我们有养育之恩，我们要心怀感激。
2. 老师对我们有教育之恩，我们要尊敬老师。
3. 同学对我们有友爱之恩，我们要团结同学。
4. 邻里对我们有互助之恩，我们要礼貌相待。

12 阿难取水

——培养做事有耐心的美德

美德故事

有一次，佛陀经过一片森林，那天烈日当空，酷热难当。他觉得口渴，就告诉侍者阿难："我们不久前曾跨过一条小溪，你回到小溪边帮我取一些水来。"

阿难回头去找那条小溪，但小溪实在太小了，再加上有一些车子经过，溪水被弄得很污浊，水不能喝了。

于是阿难又返回来告诉佛陀："那小溪的水已变得很脏，不能喝了。我们继续向前走，我知道有一条河离这儿才几里路。"

佛陀说："不，你还是回到刚才那条小溪去。"阿难表面遵从，但内心并不服气，他认为水那么脏，再回去，只是浪费时间白跑一趟。

他在去往小溪的途中，就想：为什么水浑浊了，师父还要坚持要那里的水？明明我就没错嘛。不行，我要去找师父理论。想到这儿，阿难又跑回来问师父："您为什么要坚持让我回去?"

佛陀不加解释，语气坚决地说："你再去。"阿难觉得师父很固执，但也只好遵从。

当他再来到那条溪流旁，那溪水就像它原来那么清澈、纯净，泥沙已经流走了。阿难笑了，提着水跳着回来了，拜在佛陀脚下说："师父，您给我上了难忘的一课，没有什么东西是永恒的，做事情需要耐心。"

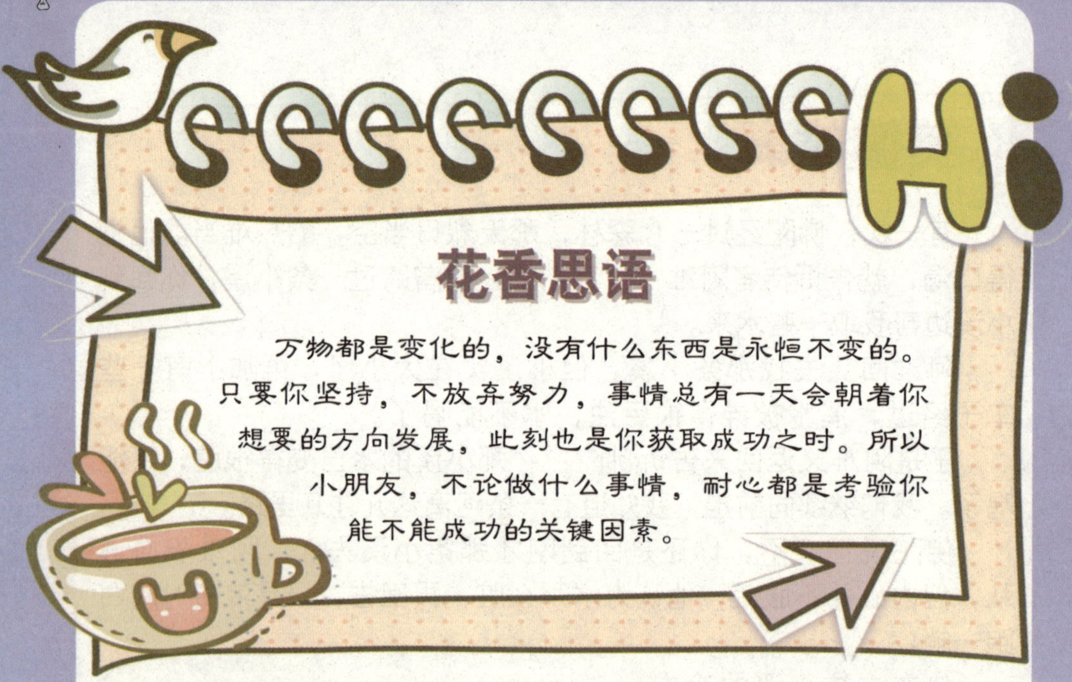

花香思语

万物都是变化的，没有什么东西是永恒不变的。只要你坚持，不放弃努力，事情总有一天会朝着你想要的方向发展，此刻也是你获取成功之时。所以小朋友，不论做什么事情，耐心都是考验你能不能成功的关键因素。

做一做

1. 耐心地等待。如果你要求爸爸妈妈做一件事情，而他们告诉你要等他们忙完手头的工作才能帮你时。你要耐心地等待，而不能任性地非要你说了算。当然，如果他们要求你做什么，如果不是紧急的事情，你也可以忙完手头的事再去做。

2. 外面的吸引力是巨大的，但当你想出去玩的时候，一定要坚持先把每天需要做的功课做完。

3. 每天多做一点点。如果你是个耐性差的孩子，在做事情的时候告诉自己要“坚持多做一点”，比如今天看了三页书，明天可以看四页，直到可以专心地一直看下去为止。

4. 克服困难，将事情做得有始有终。耐心是通过坚强的意志磨炼出来的，越是困难重重，越能培养一个人的耐心。关键在于要一步步克服困难，只有克服了困难才能培养出耐心。

13 人生在呼唤

——培养谅解的美德

美德故事

有一个工人，由于在生产的关键时刻做事马虎，造成了重大责任事故，被捕入狱了。在狱中，他受到了应有的惩罚。他后悔莫及，但没有消沉，而是认识了错误，增强了自信心。

快要出狱的前夕，他给厂长写了封信，信中说："我认清了自己的罪过，很对不起大家。我即将出狱开始新生活了，我将在后天乘火车路过咱们厂。作为工厂原来的职工，我恳切请求您和大家接受我这颗悔过之心。如能偿此愿，敬请您在我路过工厂所在车站时，扬起一面旗子，我将见旗下车；否则，我将任火车载我去任何地方……"

他终于出狱了，带着一颗痛悔的心，张着一双迷惘的眼睛。临近车站了，他微微闭上双目，默默地为命运祈祷。他睁开双眼，啊，他看到了什么？莫不是眼花了？他使劲揉了揉双眼，看见在车站上，一些人手里拿着各种彩旗，是他的工友们在高声呼唤着他的名字，他们那亲切的声音唤起了他强烈的生活欲望和信心。他没等车停稳，便泪流满面地投入到人群之中了。后来，他成为了一名优秀的工人。

花香思语

谅解也是一种勉励、启迪和指引，它能使人弃恶从善，能使走上歪路的人回到正轨，发挥他们的潜力。谅解的作用，还在于它能唤起失望者对人生的向往和留恋，可以促使犯过错误的人改邪归正、重新做人。所以，不要吝惜你的宽恕，谅解更是一种难得的人生美德。

做一做

1. 当别人无意间对你做了错事，你要原谅他。同学之间，很多时候闹矛盾都是由小误会引起的。只要有一个人先向对方提起这件事，向对方说出自己的理由，矛盾就会迎刃而解。

2. 如果别人向你承认错误，你要原谅他。过去的事，不管你再怎么在乎，过去了就无法再回来。如果朋友把牛奶打翻了，你再生气也没有用啊，还不如接过他手中的果汁呢。你们仍然是好朋友，一起收拾地上的奶渍吧。

3. 从别人的错误中总结经验教训，不让自己犯同样的错。人非圣贤，孰能无过？能够以别人的错误经常告诫自己，那才是高人一等呢。

14 苍蝇和蚂蚁

——培养勤劳的美德

美德故事

秋天快到了，一群蚂蚁在花园里忙碌地工作，一只接着一只，齐心协力地把附近的饼干粒或是死掉的小虫子搬回洞里，储藏丰富的粮食好过冬。

这时，一只没事做的苍蝇正好飞过这座花园，它站在花园里的假山上，看看附近有没有什么好吃或好玩的。这时蚂蚁的搬运队伍正好从它面前经过。排成一长串的蚂蚁，每一只都在辛勤工作。苍蝇看到蚂蚁认真工作的样子，觉得很有趣，就飞到队伍上方嗡嗡叫着。可是蚂蚁们丝毫不理睬头顶上的苍蝇，继续做它们的事。苍蝇见蚂蚁一点反应都没有，就对它们说："喂！蚂蚁弟兄们！你们不要那么严肃，干吗都不说话呀！瞧瞧我一个人玩得多么快活！你何必辛苦地工作呢？我知道离这里不远有一个很好玩的地方，让我带你们四处游玩如何？"小蚂蚁们依旧对苍蝇不理不睬。自讨没趣的苍蝇后来就飞走了。它飞着飞着，刚好在路上遇到一只蚂蚁，苍蝇很高兴地和蚂蚁打招呼："嗨！蚂蚁先生，你这么匆匆忙忙的，要去哪里呢？"蚂蚁回答说："我刚把食物运回洞里，现在我要赶去帮我的同伴搬运其他食物。"苍蝇看到蚂蚁认真的样子，觉得很可笑，就说："蚂蚁先生，看你一副紧张、认真的模样，实在滑稽又愚蠢，让我忍不住想笑。"

蚂蚁听到苍蝇对自己的讪笑，就说："我觉得你才是真正的愚蠢。"于是苍蝇和蚂蚁为了谁聪明、谁愚蠢的问题起了争执。苍蝇一向就爱说话，所以抢先发言："我是最聪明的，不管做什么事情我都比你高一等：只要任何地方有好吃的东西，我总是能第一个飞上去吃它一口。不管是一般家庭里的厨房或皇宫里的宴席，我都能先尝到，不像你只捡别人吃剩的残渣。如果我高兴的话，还可以偷偷飞到国王的头上，或是停在贵妇人美丽的脸颊上。而这些事情你是一样也办不到，所以你才是愚蠢的。"蚂蚁听了苍蝇的话，很不以为然地说："你只是一只人见人厌的苍蝇罢了！虽然刚才你说的那些事情我都无法做到，可是那并不表示我的能力较差。而你的行为都是偷偷摸摸的，一点也不光明正大。现在你没事做，整天四处玩耍，可是一到了冬天，天气一冷，你就会被冻死在外面。我现在虽然辛苦些，但心情却是愉快的，因为我知道冬天来的时候，我就可以在洞穴里享受辛苦劳动的成果。比起你来，我聪明多了！"

花香思语

苍蝇说的确实有道理，但是它忘了，它的行为都是偷偷摸摸的，这些行为和它懒惰的习性在不久的将来终会得到报应恶果。而它所嘲笑的蚂蚁却凭着自身的勤奋和认真，换取了寒冷时的温饱和一生的愉快心情。

做一做

1. 做家务要有正确的态度。正确认识参加家务劳动不是为了减轻父母的劳动，而是为了养成热爱劳动的习惯，培养责任感、义务感、独立性、自信心等良好品质。当然，如果自己有不会的地方，要争取爸爸妈妈给自己以具体指导，帮助自己按时把事情做好，但千万不可让爸爸妈妈包办代替。

2. 提高参加家务劳动的兴趣。可通过游戏来提高自己劳动的兴趣。如你可以跟爸爸妈妈比赛看谁擦桌子干净；谁洗手帕溅在地上的水少等。

3. 对家务劳动要有具体分工。可以要求爸爸妈妈对全家的家务劳动进行具体分工，明确各自的任务，还应提倡协作。争取做到自己的事自己干，家长的事帮着干。

15 花生的秘密

——培养坚强的美德

美德故事

有一个年轻人非常渴望成功，但是在他短短的人生旅途中已经遭受了接二连三的打击和挫折，已经处于崩溃的边缘，几乎就要绝望了，但他仍然心有不甘。

在彷徨和迷茫中，这个年轻人去请教了一位智者。见到智者后，他恭敬地问："我一心想有所成就，自己也很努力，可总是遇到挫折。请问，我怎样才能成功呢？"

智者笑笑，转身拿出一件东西递给年轻人。他吃惊地发现，躺在自己手心的竟然是一颗花生。智者问道："你有没有觉得它有什么特别之处呢？"

年轻人仔细地观看了一番，但是仍然没有发现它和别的花生有什么差别。

"请你用力捏捏它。"智者见年轻人没有说话，接着说。年轻人伸出手用力一捏，花生壳被他捏碎了，只有红色的花生仁留在了手中。"请你再搓搓它，看看会发生什么事。"智者又说，脸上带着微笑。

年轻人虽然不解，但还是照着他的话做了，就在他轻轻地一捻之中，花生红色的种皮也脱落了，只留下白白的果实。年轻人看着手中的花生，不知智者是何意味。

"再用手捏它。"智者又说。年轻人用力一捏，但是他感觉到他的手指根本就无法将它毁坏。"用手搓搓看。"智者说。年轻人又照做了，当然，什么也没搓下来。

"虽屡遭挫折，却有一颗坚强的百折不挠的心，这就是成功的一大秘密！"智者说。

年轻人蓦然顿悟："自己遭遇过几次挫折就要崩溃绝望了，这样脆弱的心理又怎么能够成功呢？"从智者那里出来，他又挺起了胸膛，向前方迈开了脚步。

花香思语

坚强是一把可以斩断所有障碍物的利刃。在漫长、崎岖的人生路上，要想让自己前行的船不偏离方向，那就必须用坚强做舵手。

做一做

1. 用自己所了解的英雄伟人的事迹与自己的行为对比，从另一个角度去认识问题，让自己坚强地面对困难。

2. 坚强地面对失败。每个人的一生都会遇到挫折和失败，有些人成功了，而更多的人失败了。成功和失败的分水岭就是坚强。如果你坚强地面对，你就会离成功更近。

3. 用积极的心态面对痛苦的事情。对待失败，不止要坚强地面对，还要用积极乐观的心态去考虑。对于同样拿到不及格试卷的两个同学来说，一个会想：既然学不好，就不学这门功课了，把精力用到其他的功课上算了。另一个则想：现在知道哪方面知识学得的不扎实，马上补回来应该还来得及。我们现在学习的都是基础，如果把一门功课丢下，那以后的学习就会更困难。

4. 面对困难时多微笑。微笑可以减轻压力，缓解紧张的神经。微笑可以让你在即将放弃的时候，重拾信心，找到克服困难的办法。

16 善良的女大学生

——培养善良的美德

美德故事

一个太阳正热正毒的中午，在一家繁华的商场门前，一个衣衫褴褛、蓬头垢面的10岁左右的小女孩在向一对衣着鲜亮的时髦青年男女乞讨时，被男青年一脚踢破了额头。踢伤小女孩后，青年男女骂骂咧咧地扬长而去，小女孩额头上的血不停地流着，后来小女孩昏倒在街头。来来往往的行人慢慢地在小女孩的身旁聚成一圈，叹气声、怜惜声、议论声……就是没有人想到为小女孩止血，送小女孩去医院。在人越围越多的时候，一名路过的医科大学的女生挤进人群，抱起小女孩，把她送进了医院。

如果事情到这儿就结束了，也不会引起太多波澜。小女孩得救后，女大学生了解到，小女孩是在被人贩子拐卖的途中逃出来，流落到这座城市的。女大学生为了帮助小女孩找回她已记不清地址的家，找到了这座城市的媒体。在媒体的帮助下，小女孩回到了家，回到了父母身旁。女大学生成了媒体追踪的对象。当一名记者问女大学生，当时围观的人那么多，却没有人出手相救，她却送小女孩去了医院，为什么呢？这名记者一定是希望女大学生会说出慷慨激昂的“原因”。可女大学生的回答却简单得很：“为什么？不为什么啊！”

花香思语

真正的善良是一种来自生命的本能，不需要任何理由。当别人需要帮助的时候，一种发自内心的冲动驱使你伸出温暖的手。希望我们每个人都能拥有，并且坚持这种纯真的善良。

做一做

1. 富有同情心，关心受批评和犯错误的同学。当看到别人摔跤的时候，你要想一想，如果是你摔在地上，是不是很疼，也很想让别人拉你一把呢？

2. 爱护花草和小动物。花草和小动物都是有生命的，它们能感受到主人的情感，当然也需要主人对它们的关心和爱护。所以我们不能随意践踏草坪、攀折花枝、虐待猫狗。

3. 不嘲笑他人。每个人都是平等的，我们没有理由嘲笑他人。当看到别的同学回答不出问题时，作为他的同学我们不能嘲笑他，而应该在课下帮助他学习进步。

4. 帮助生理上有残疾的人。如果你蒙着眼睛走一会儿路，如果你堵着耳朵和人相处一会儿，就能体会到盲人和聋人在生活中的痛苦了。我们不能嘲笑他们，歧视他们，而要用一颗善良的心帮助他们。

17 玻璃碎了以后

——培养敢于承认错误的美德

美德故事

乔治·爱伦收到了爸爸送给他的新年礼物，那是一枚闪亮的银币。这正是他需要的，因为他有许多东西要买，他的愿望就要实现了，他心里很高兴。

这几天，刚刚下过了一场雪。地上的雪还没有融化，阳光轻柔地照在地上，所有的东西都变得明亮了。爱伦拿着他的银币上街去了。

刚出家门，爱伦就被伙伴们拉着去打雪仗，这是冬天里小伙伴们最喜欢的一项活动了。乔治·爱伦揉了一个很大很硬的雪球使劲向詹姆士·梅森掷去，但是狡猾的詹姆士·梅森躲过了雪球，雪球飞向了他身后的窗户，只听“啪”的一声，玻璃碎了。乔治·爱伦因为害怕，就飞快地跑开了。但是没跑多远就停了下来，他为自己做了坏事而感到不安。他知道，逃避责任不是一个男子汉做的事。他决定回去，用自己那唯一的银币来补偿打碎玻璃的损失。

他按动了门铃，从屋子里出来一位先生。乔治·爱伦说：“先生，是我把您家的玻璃打碎了，我非常抱歉，但我并不是故意的，希望您能原谅我。”说着，他把自己那仅有的一枚银币拿了出来，把它递给了那位先生，“这是我爸爸给我的新年礼物，希望它能够赔偿您的损失。”那位先生接过了钱说：“你还有钱吗？”爱伦说：“没有了。”“好，”那位先生说，“你会有更多钱的。不过你能告诉我你家的住址吗？”爱伦告诉了他。

回家后，当爸爸问及他是怎么花那个银币的时候，爱伦把白天发生的事情如实地告诉了爸爸。

吃完晚饭，爸爸让乔治·爱伦去看他的帽子，爱伦在他的帽子里发现了两枚银币。原来那位先生是一位非常富有的商人，他不仅把爱伦的那枚银币退了回来，还另外送给他一枚银币。这件事情并没有结束。没过几天，那位先生又来找乔治·爱伦的爸爸，因为他的店里需要一个帮手，他认为乔治·爱伦是最好的人选。

花香思语

每个人都会犯错，都会无意地闯一点点祸。但最重要的是，犯了错要勇于承认。正如爱伦所想的那样：逃避责任不是一个男子汉所做的事。正直、诚实的孩子总会得到他人的喜爱。

做一做

1. 认识错误，分析后果。无论错误是大是小，都会带来伤害或损失，不要以为回避错误就会万事大吉，错误发生后要正确认识到它的后果，越早越及时地认识到错误，越能尽可能地挽回损失。

2. 勇敢承担后果。犯了错误并认识到后果后，要真诚地向别人道歉，说声“对不起”。如果你和同学吵架了，现在还没和好，就赶快去向对方说声“对不起”吧，相信你的同学也正想着如何向你道歉呢。

3. 在家里做错了事，要向爸爸妈妈承认错误。不要害怕，只要你主动承认错误，他们是不会再惩罚你的。父母最爱诚实的孩子。

4. 犯了错误不要找借口，要从错误中找出原因。如果你的错误确实是事出有因，你要把原因告诉对方，一般情况下，对方会原谅你的。

5. 同样的错误不要犯第二次。那时，即使你主动承认错误，对方也会对你生气或失望的。所以，犯了一次错误以后，要找到原因，吸取教训，尽量做到不再犯同样的错。

18 人生的一等功夫
——培养为他人着想的美德

美德故事

一个12岁的女孩问妈妈："为什么在屋里走动时，总像怕踩地雷似的？"

妈妈笑了，说楼下不是也住着一户人家吗？

女孩虽然明白妈妈的意思，但她还是觉得在自己的家里应该轻松地生活。

妈妈挺认真，她接着说："咱们家的地板下是张爷爷家的天棚，走路声音大了，爷爷奶奶受不了。"

女孩撅着小嘴："那为什么咱们家楼上那家不这样想，他们总把声音弄得很响。"

妈妈说："楼上有一个三岁的小弟弟，他要长大，需要运动，所以蹦呀跳呀的。"

女孩的小嘴撅得更高了："那受委屈的就该是咱们家了？"

妈妈更认真了，说："能为别人着想，是人生的一等功夫。"

花香思语

住在楼房里的孩子们经常会听到楼上传来的“砰砰砰”的响声，那要不要上去理论一番呢？还是女孩的妈妈说得对：人生的一等功夫是能为别人着想。你做到了吗？

做一做

1. 在公交车上，要给老弱病残孕和抱着孩子的乘客让座。

2. 在大家一起观看电影和电视时，不要说话走动，以免影响别人观看。

3. 乘电梯和走楼梯时要靠右边，不要妨碍有急事的人从左边超越。

4. 在公众场合推门时，要注意身边有没有人，如果后面紧跟着人，要等到后面的人扶到门时才走开。

5. 全家人快乐地在一起聚餐或游玩时，不要因为你的心情不好而任性发脾气，影响到其他人的情绪。

6. 上课或写作业时，不要说话或做小动作而影响到其他同学。

19 强者不吹牛

——培养谦虚的美德

美德故事

小老鼠、小白兔、大公鸡在一起吹牛，比谁最厉害。

小老鼠说："我最厉害，有一次和大象决斗，我钻进它的鼻孔里，咬得它直喊饶命。对于我来说，大象都不在话下，我还有什么可怕的呢！"

小白兔对小老鼠说："你这个小豆子，体重比我轻二十倍，也敢在此逞能！我是三次马拉松赛跑的冠军，其中一次还创造了世界纪录，连赛跑能手猎豹都惧我三分！"

大公鸡说："你们都给我住嘴！俗语说'雄鸡一唱天下白'，太阳都按着我的叫声出来，连人类也听我的指挥，按我的命令起床，你说我能不是天下第一吗？"

它们正在不着边际地吹着牛。旁边草丛中躺着的一只老虎，似睡非睡，似醒非醒，听了它们的话，闭目微笑。过了一阵，老虎忽然打了一个哈欠，不由自主地说："好困呀！"

小老鼠、小白兔、大公鸡一看老虎张开嘴，无不抱头鼠窜。

花香思语

不要轻易地在别人面前自夸，即便你获得了“三好学生”、“优秀班干部”等称号，也还是做个谦虚的好孩子吧。要知道，你的荣耀根本不算什么。你看，老虎的一个哈欠，就能让那些自以为了不起的动物抱头鼠窜。

做一做

1. 接受别人的批评和建议。当老师、家长或同学给你提出批评或建议时，不要只是消极地听听。有时候忠言确实逆耳，但是对你的进步却有很大帮助。你听过之后，要想一想这些建议对你是不是有帮助，你是不是确实犯了他们所说的错误。

2. 耐心倾听别人说话。别人在讲道理的时候，即使你认为不对，也不能中途打断他。那样很没礼貌，当你打断别人而发表自己的“高见”时，别人会认为你是骄傲自大的人。

3. 不要在同学们面前夸耀自己哪一项特长多么优秀，因为如果真的优秀，同学们不会视而不见。反之，如果你谦虚地从不夸耀自己的才能，同学们会从内心真正地敬佩你。

4. 正确全面地认识自己。把自己的优点、缺点、特长、不足都写下来，如果对自己还不了解，可以请爸爸妈妈帮忙，只有认识到自己的不足，才能更虚心地求进步。

20 我是一条河

——培养保护环境的美德

美德故事

我是一条小河，一条清澈的小河，小鱼、小虾、小螃蟹是我的孩子，河边的柳树、芦苇，还有飞来飞去的小鸟都是我的朋友。我每天唱着欢快的歌儿，和我的孩子们做游戏。

我曾经是人类的好朋友，孩子们在我的怀抱里嬉戏，妇女们在我这里清洗衣物。人们还把我引到水库，流进发电厂，变出一种叫“电”的东西，给人类带来光明。我为自己感到骄傲、自豪，因为我能为人们带来无限的欢乐。

可是不知从哪天起，我的身体开始不舒服了，我的孩子们也不断地生病、死亡。原来人们在我身边建起了一座座工厂，乌黑的废水流进我的体内。他们还把各种垃圾随意丢在我的身上，原来不断流淌的河水被堵住了，开始发黑、发臭，蚊子、苍蝇在我身上繁殖、生长。人们从我身边经过时，都捂着鼻子，一脸厌恶的表情。我伤心地哭了，流出来的泪水也是乌黑浑浊的，令人惨不忍睹。

人类啊，你们为什么要这样做？我问白云姐姐，白云姐姐默默无语，只为我洒下一把辛酸的泪水。

我问大海伯伯，大海伯伯慨然悲歌：“受残害的不仅是你，连我也受到了污染……”

我问太阳公公，太阳公公摇头叹息：“可悲的人类，他们总有一天会后悔的！”

岸边的柳树、芦苇已经受了污染，它们日渐枯萎，可爱的小鸟也不再与我玩耍。

做一做

保护环境是关系到人类生存和社会发展的大事，需要政府、企业、个人等方方面面都来关心和参与。那么具体到我们小学生，在保护环境方面可以做的事情有哪些呢？

1. 减少污染源。尽量使用可降解的塑料制品，尽量不使用一次性筷子、一次性饭盒等。购物时，尽量使用布袋、竹篮、纸袋等，如果用塑料袋，应尽可能把物品放在一起，减少袋子的使用数量。

2. 节约用水、电、纸张。节约资源，包括减少使用的总量和加强废物利用或循环使用两方面。比如洗脸或洗衣的水可以用来拖地或冲厕所，写满字的纸张可以用来做剪纸或折纸，这些你想到了吗？

3. 妥善处置垃圾。不要随意丢弃垃圾，要把垃圾分类扔进垃圾箱内。另外，要注意不可随意焚烧垃圾，以免污染空气或导致其他危险。

4. 旧电池等电子垃圾不可随意丢弃。一定要把它们放到旧电池回收箱里，尽量使用充电电池，减少使用一次性电池。

5. 保护动植物。不攀折花木，不践踏草坪。爱护野生动物，不喂食、不追逐动物园内的动物。积极参加种植花草树木和保护动物的公益活动。

6. 不胡写乱画。在游览美丽的水光山色、人文景观和文化古迹时，要严格遵守景点处的各项规章制度，做到“除了脚印，什么都不要留下；除了垃圾，什么都不要带走”。

花香思语

曾经清澈见底的小河因为工业的发展变成了污水河，那是多么痛苦的事情呀！所以，它强烈呼吁：大家一定要保护环境，让我们的家园变得更加美丽。

21 送你一轮明月

——培养宽容的美德

美德故事

有一天夜里，皎洁的月光下，一位在山中修行的禅师在林中的小路上散完步，回到自己的茅屋时，正碰上一个小偷。他怕惊动小偷，一直站在门口等候……

小偷找不到值钱的东西，转身离去时遇见了禅师，当他正感到惊慌的时候，禅师说：“你走老远的山路来探望我，总不能让你空手而回呀！”他说着便脱下了身上的外衣，“夜里凉，你带着这件衣服吧。”

说着，禅师就把衣服披在小偷身上，小偷不知所措，低着头溜走了。

禅师看着小偷的背影，感慨地说：“可怜的人呀，但愿我能送给你一轮明月！”

第二天，温暖的阳光融融地洒着，禅师睁开眼睛，看到昨晚披在小偷身上的那件外衣被整齐地叠着放在门口，禅师非常高兴，喃喃地说：“我终于送给了他一轮明月……”

花香思语

当一个人犯错的时候，不一定要当面指正。给他一个台阶下，等于送他一轮明月。聪明的人总能体会到其中的道理，改过自新。小朋友也要像禅师那样宽容啊，因为犯了错误的人也是需要帮助的。

做一做

1. 对伤害你的人表示宽容。这并不是说明你的软弱，而是更坚强的表现。用你的体谅、关怀、宽容对待伤害过你的人，使他感受到你的真诚和温暖。这样做虽然困难，但更能反映出你的宽大胸怀和雍容大度。

2. 接受他人的观点和缺点。有些人总喜欢说三道四，像个批评家一样，谁见了这种人都会离他远远的。其实每个人都有不同的爱好、个性、要求，我们要接受别人的观点和缺点，不能强求别人都和自己一样。

3. 别人答应你的事情，只要他努力做了，即使没有做好或完成，你也不应该责怪他。

4. 发现别人身上的优点。对一个比自己优秀的人，自然就更容易宽容他。只是接受一个人的缺点容易，要发现并向他的优点学习就难一些了。

22 黑色小山羊

——培养不嘲笑他人缺点的美德

美德故事

一个农夫的家里养了三只小白羊和一只小黑羊，为了吃到新鲜的青草，四只小山羊经常一起到外面寻找吃的。每当它们几个走在一起吃草的时候，那三只小白羊就有些得意洋洋，因为它们有着雪白的皮毛，它们常常嘲笑小黑羊的皮毛太难看。

“你看那个家伙像什么？黑不溜秋的，像从锅底爬出来的一样。”

“依我看呀，像黑炭团。”

“像乞丐的黑棉袄，脏死了！嘻嘻！”

每当听到这些话，小黑羊就会可怜兮兮地蜷缩在一旁，独自伤心地流泪。

初春的一天，它们一起出去游玩，不知不觉迷了路，离家越来越远。更糟糕的是寒流突然袭来，下起了鹅毛大雪，它们躲在灌木丛中相互依偎着……不一会儿，灌木丛和周围全铺满了雪，大地一片银白，它们更无法找到回家的路了。没有办法，它们只好挤作一团，等待农夫来救它们。

再说，农夫发现四只小羊大半天都不回羊圈里，而且外面下着大雪，他便立刻上山去找，但四处一片雪白，哪里有小羊的影子?农夫有些着急，担心那几只小山羊会被冻死。正在这时，农夫突然发现远处有一个小黑点，便快步跑过去。到那里一看，果然是他的四只小羊，那四个小家伙已被冻得奄奄一息了。农夫抱起小黑羊，对那三只小白羊说：“多亏你们的黑兄弟，不然，你们都要冻死在雪地里了！”

花香思语

每一个人都有他的优点和缺点，而且这些优点和缺点都是相对的。有些优点在一定条件下成了缺点，而有些缺点在一定条件下又成了优点。所以不要嘲笑别人的缺点，有时候，有缺陷的人可能会为你带来莫大的帮助。

做一做

1. 一个人在某方面做得不好时，需要的是别人的鼓励和帮助，而不是嘲笑。这时他心里已经很失望、难受了，如果别人再嘲笑他，无异于落井下石，或许他会因此放弃战胜困难的决心。更可怕的是，别人的嘲笑会给一个人带来一生抹不掉的阴影。

2. 有些家长为了培养孩子的自信心，会使用赞扬的方式。但是过多的赞扬，就会造成孩子盲目自大，认为别人都不如自己，甚至嘲笑别人“这么简单都不会”。孩子要明白父母的赞扬是用心良苦，学海无涯，不能骄傲自满。

3. 如果你嘲笑过别人，现在想一想别人嘲笑你的时候，你心里是什么感觉。是不是很难受呢？其实，只要真诚地帮助别人，就会改掉这个坏毛病。

23 “勤”“俭”不分家

——培养勤俭的美德

美德故事

从前，在中原的伏牛山下，住着一个叫吴成的农民，他一生勤俭持家，日子过得无忧无虑，十分美满。

临终前，他把一块写有“勤俭”的横匾交给两个儿子，告诫他们：“你们要想一辈子不受穷挨饿，就要照这两个字去做。”后来，在兄弟俩分家时，将匾一锯两半，老大分得了“勤”字，老二分得“俭”字。老大把“勤”字恭恭敬敬地高悬家中，每天“日出而作，日落而息”，年年五谷丰登。然而他的妻子过日子却大手大脚，孩子们常将白馍馍吃了两口就扔掉，久而久之，家里没有一点余粮。

老二自从分得半块匾后，也把“俭”字当做“神谕”供放堂中，却把“勤”字忘到九霄云外。他疏于农事，不肯精耕细作，每年收获的粮食也不多。尽管一家几口节衣缩食、省吃俭用，毕竟还是难以持久。这一年遇上大旱，老大、老二家中都早已空空如也。

他俩情急之下扯下字匾，将“勤”、“俭”二字踩碎在地。这时候，突然有一张纸条从窗外飞进屋内，兄弟俩连忙拾起一看，上面写道：“只勤不俭，好比端个没底的碗，总也盛不满!只俭不勤，坐吃山空，一定要受穷挨饿!”兄弟俩恍然大悟，“勤”、“俭”两字原来不能分家，相辅相成，缺一不可。

吸取教训以后，他俩将“勤俭”两个字贴在门上，时时提醒自己，告诫妻室儿女。从此以后，他们的日子过得一天比一天好。

花香思语

读完这个故事，小朋友们心中肯定会发出这样的感叹：勤劳和节俭就像孪生兄弟，它们永远都不能分离。所以小朋友要是想过幸福快乐的好日子，就一定要记住这个道理。

做一做

1. 勤劳。这是一个人人都能讲出道理的话题，也是每个人一生都要付诸实践的话题。小学生的勤劳，就是做好自己的事情和做力所能及的家务。

2. 节省。同学们手中都有零花钱和压岁钱，这就要求你从小学会理财。节省不是小气，而是该花的花，不该花的不花。华人首富李嘉诚曾说：“要我马上拿出一个亿，我面不改色，但谁要在地上丢一分钱，我会立刻捡起来的，这也是我的致富秘诀。”

3. 不与同学攀比吃穿。父母会尽他们所能，让我们吃得健康营养，穿得舒适体面。而现在很多同学都拿物质的价格来攀比，谁的衣服最贵就是最好的，谁吃的最贵就是最营养的。这些行为我们都要杜绝，而要用“勤俭”来约束我们的言行。

24 决定成败的0.5毫米

——培养坚持不懈的美德

美德故事

电话机是谁发明的？恐怕很多人会异口同声地说出贝尔这个名字。不过，在贝尔之前，还有一位发明家曾为研制电话机做出过不小的贡献，他就是莱斯。

莱斯研究过一种传声装置，能用电流传送音乐，可惜的是不能用来传送话音，无法使人们相互交谈。莱斯研究过的这种传声装备之所以不实用，除了其他原因外，一个至关重要的原因是这种装置里的一颗螺丝钉往里少拧了1/2圈——大约0.5毫米。

贝尔在莱斯研究的基础上，一方面采取了新措施，例如不使用间断的交流电，改为使用连续的直流电，从而解决了传送时间短促、讲话声音多变等问题。另一方面将莱斯装置里的那颗螺丝钉往里拧了1/2圈。

莱斯的疏忽被贝尔发现并纠正了，奇迹也随之出现：不能通话的莱斯装置神奇地变成了实用的电话机。

贝尔的改进使莱斯目瞪口呆。莱斯感慨万千地说：“我在离成功0.5毫米的地方灰心了，我将终生记住这个教训。”

花香思语

这篇文章向我们揭示了一个不为人知的成功者背后的故事，它同样适用于我们今后的人生道路：不要把成功想得太遥远，有时候，它离我们只有0.5毫米。所以只要坚持不懈地努力，也许我们的梦想很快就能成真了。

做一做

1. 确定一个长远目标，然后把这个长远目标分成一个个小目标。小目标必须是经过努力能够实现的，只有这样，才能在不断达到目标的喜悦心情下，充满热情地克服困难，坚持不懈地去努力。

2. 做事情要善始善终。如果吃过晚饭你的任务是洗碗，你就必须把锅、碗、盘子、筷子等所有餐具都洗干净，把它们放在固定的地方，并且把厨房的水渍也清理干净，这才算是完成任务。如果只是把碗洗干净后，放在水池旁边，那可不算完成。

3. 做某件事情时，如果遇到困难，要及时请教爸爸妈妈，让他们告诉你克服这些困难的方法和技巧。要有克服困难的信心，不能轻易地想到放弃。

25 铅笔和橡皮

——培养爱护物品的美德

美德故事

有一天早上，调皮蛋背着书包高兴地去上学。他走到教室门口，忽然听见从教室里传来轻轻的哭泣声。调皮蛋连忙走进教室，但是教室里一个人也没有，哪来的哭声呢?

调皮蛋顺着哭声找去，发现是自己桌子上的橡皮在哭。这下，调皮蛋被弄得丈二和尚摸不着头脑，橡皮好端端地哭什么呀? 谁知还没等他反应过来，一件更奇怪的事情发生了：铅笔跳过来安慰橡皮。铅笔说：“橡皮弟弟，你为什么哭呀?”橡皮擦着眼泪委屈地说：“唉！铅笔哥哥，我的小主人调皮蛋可坏了，经常用我在地板上涂来涂去，把我的新衣服都弄脏了。昨天还用小刀在我身上割来割去，你看，我现在满身是伤，好疼啊！”铅笔听了，也叹了口气说：“是啊，他对我也不好，经常摘了我的帽子，掰断我的胳膊，还在我脸上刻来刻去。”说完，它就把伤疤露出来给橡皮看。

这时，旁边桌子里的铅笔、橡皮和卷笔刀都跑过来骄傲地说：“我们的主人可不这样，他对我们可好啦，非常爱惜我们。我们身上一点伤都没有，还跟新的一样。”

调皮蛋听了它们的对话，脸一下子红了，低下头后悔地说：“我保证以后再也不会伤害你们了，我一定会好好爱惜你们，如果看到别人不爱惜学习用品，我也会去劝说他们。而且，我也会尽最大力量发挥你们的功效，决不会浪费一点。”铅笔和橡皮听了调皮蛋的话，悄悄地竖起了大拇指。

花香思语

铅笔和橡皮是我们每天要用的学习工具。可如果有人故意拿着它们乱涂乱画，它们也会伤心的。小朋友，并不仅仅只有勤劳、善良才是美德啊，懂得珍惜也是我们必备的美好品格！

做一做

1. 珍爱周围的公共财物。不管身处何处，都要严格要求自己，即使看到别人破坏公共财物的行为，也不要模仿，而要坚持自己认为正确的行为，还应制止那些错误的行为。

2. 阻止破坏公共财物的行为。生活中难免有一些人会做出有损公共财物的行为，我们可以适时地帮助和提醒这些人，共同维护美好的家园。

3. 公共财物面临损失时及时报告。有些人损公肥私，盗窃或者占有国家公共财产。如果你发现了这种现象，要及时报警。不要单枪匹马地与这些犯罪嫌疑分子面对面地作斗争，可以快速报告周围的人。

4. 做力所能及的事情。玩具或学习用品坏了以后，学会修理。如果实在是不能修，再买新的。如果发现公共财物被损坏了，为了美观和便利，我们可以做一些力所能及的事情。比如清洗干净涂画痕迹，拧一拧松动的螺丝，扶一扶花草等。

5. 不要把生活用品当玩具。比如碗是用来吃饭的，不能用来玩泥土。

6. 用完物品，放回原处。那样不仅使物品整齐美观，还可以使别人用起来更方便。

26 爱美与振兴

——培养热爱生活的美德

美德故事

第二次世界大战结束后，在德国的土地上到处是废墟。

美国社会学家波普诺带着几名随从人员到实地察看。他们看到了许多住在地下室的德国居民。而后，波普诺就向随从人员提了一个问题：“你们看像这样的民族还能够振兴起来吗？”

“难说。”一名随从人员随口答道。

“他们肯定能！”波普诺非常坚定地予以纠正。

“为什么呢？”随从人员不解地问道。

波普诺看了看他们，又问：“你们到每一户人家的时候，看见他们的桌上都放了什么？”

随从人员异口同声地说：“一盆鲜花。”

“那就对了！任何一个民族，处在这样困苦的境地中还没有忘记爱美，那就一定能在废墟上重建家园！”

花香思语

小朋友们有没有被德国人那种热爱生活的精神感动呢？这个故事告诉我们：世界上没有让人绝望的环境。如果一定要说有，那也是人们对自己的绝望。不管遇到什么困难，都不要忘记生活是美好的。

做一做

1. 用一颗友爱宽容的心对待身边的每个人。“种瓜得瓜，种豆得豆。”如果你想让身边的每个人都快乐，那你就把你的友爱和宽容带给他们吧，你收获的将会是幸福快乐的每一天。

2. 养些花草或金鱼。花草可以净化空气，调节心情，使人心旷神怡。养宠物也是热爱生活的好方法，但是猫、狗等动物的身上有很多寄生虫，很难清洗干净，所以如果你想养宠物，最好养金鱼或小乌龟之类的。

3. 讲究个人卫生。如果你看到一个人穿着肮脏、头发凌乱，那你还会有好心情吗？如果你不希望看到这样的人，那么你一定要讲究个人卫生，给你身边的人带来好心情啊。

4. 保护环境。我们都向往宽阔的海洋、蔚蓝的天空、山清水秀的风光，它们的共同点就是洁净！难道你不希望生活在洁净的空间吗？让我们做到不乱涂乱画、保护公共财物、不随手丢垃圾、不随地吐痰、少用一次性用品吧！

5. 写下美好的梦想。只要心中有美好的梦想，阳光就会更加灿烂，生活也会永远美好。让我们把梦想写出来吧，虽然实现梦想的路是漫长的，过程是艰辛的，但是生活是美好的。

27 孔融让梨

——培养谦让的美德

美德故事

东汉末年的北海郡有一个太守，姓孔名融字文举，是孔子的后人。

他孩童时，一天他的一个亲戚从很远的地方来看望他的父母，还带来了几个表兄弟，家里别提有多热闹了，母亲叫他洗几个梨来招待客人。

孔融洗好了梨，然后用盘子端给大家。可是这梨有大有小，怎么分呢？

只见孔融拿出一个最大的梨给了大表哥，然后挨着顺序把大梨全都给了比自己大的表哥们。这时候，盘子里剩下一大一小两只梨，他最小的表弟伸出手来，孔融拿起一个大梨给了小表弟，小表弟高兴地跑出去玩了，然后，他自己拿起那只最小的梨津津有味地吃了起来。

他的叔叔看到后就问：“你为什么把大梨给比你大的表哥呢？”

孔融回答道：“因为他们比我大，我得尊敬他们。”

叔叔接着问道：“那你比小表弟大，为什么你给小表弟的也是一个大梨？”

孔融又回答：“因为小表弟比我小，我得让着他。”

这时候，大家都齐声笑了起来。叔叔说：“融儿这么小就懂得这么多，长大后肯定是一个了不起的人。”

花香思语

谦让是中华民族的优良传统，对于娇生惯养的独生子女来说，更是不能丢掉谦让这个好品德。打开心灵之窗，从小就学做一个有礼貌、有爱心的人，这样才会有更多的人喜欢你。

做一做

1. 在公交车上如果有人给你让座，你应该看看周围有没有人比你更需要。当然，如果你有座位，也应该给更需要座位的人让座。

2. 如果有朋友来你家里玩，你应该把新玩具或喜欢的玩具拿出来，和他们一起玩。

3. 在学习和比赛中不需谦让，而要争当第一或优秀。

4. 爸爸妈妈或爷爷奶奶总是把好吃的先给你吃，现在，你也应该把好东西先让给他们吃。比如你生日时，要把蛋糕先分给爷爷奶奶，再给爸爸妈妈，最后才给自己吃。

5. 电视或电脑不能一个人霸占着。大家要轮流使用，或者谁最急用谁先用。

28 为了美好的约定

——培养关心他人的美德

美德故事

一个阳光明媚的下午，男孩和女孩在医院的走廊上相遇了，在四目相触的一刹那，两颗年轻的心灵都被深深地震撼了，他们都从彼此的眼睛中读出了那份悲凉。从此以后，男孩和女孩相伴度过了一个又一个日出日落，昼夜晨昏，两人都不再感觉孤独无助了。

终于有一天，男孩和女孩被告知他们的病情已到了无法医治的地步。男孩和女孩都被接回了各自的家。他们的病情一天比一天严重起来，但男孩和女孩谁也没有忘记他们之间曾经有过一个约定，他们唯有通过写信这种方式来交换着彼此的关心与祝福，那每一字每一句对他们来说都是一种莫大的鼓励。就这样，日子过得飞快，转眼已经过了三个月。三个月后的一个下午，女孩手中握着男孩的来信，安详地合上双眼，嘴角边带着一抹淡淡的微笑。她的母亲在她身边抽泣着，默默地拿过男孩的信，一行行有力的字跃入眼帘：“……当命运捉弄你的时候，不要害怕，不要彷徨，因为还有我，还有很多关心你、爱你的人在你身边，我们都会帮助你，爱护你，你绝不是一个孤单的人。”女孩的母亲拿信的手颤抖了，信纸在她的手中一点点湿润了。

第二天，母亲在女孩的抽屉里发现了一叠封好但仍未寄出的信，最上面的一封写的是：“妈妈收”。女孩的妈妈疑惑地拆开了信，是女儿熟悉的字迹，上面写道：“妈妈，当你看到这封信的时候，也许我已经离开您了。但我还有一个心愿没有完成，我和一个男孩曾有一个约定，我答应他要与他共同走过人生的最后旅程，可我知道也许我无法履行我的诺言了。所以，在我走了之后，请你替我将这些信陆续寄给他，让他以为我还坚强地活着，相信这些信能够给他一些活下去的信心……”母亲的眼眶再一次湿润了。女孩的母亲按信封上的地址找到了男孩的家。她看到了桌上正中的黑色镜框，照片上是那位生气勃勃的男孩。女孩的母亲怔住了，当她转眼向那位开门的妇人望去时，那位母亲早已泪流满面。她缓缓地拿起桌上的一沓信，哽咽地说：“这是我儿子留下的，他一个月前就已经走了，但他说还有一个与他相同命运的女孩在等着他的信，等着他的鼓舞，所以，这一个月来，是我代他发出了那些信……”说到这儿，男孩的母亲已经泣不成声。这时，女孩的母亲走过来，紧紧抱住了男孩的母亲，喃喃地道：“为了一个美好的约定……”

花香思语

在我们成长的旅途上，当我们遇到挫折的时候，都希望有个人给我们帮助，给我们心灵的支撑。这两个患有重病的男孩和女孩也不例外，在彼此生命的最后一刻，他们的约定如此凄凉又是那么庄严。在自己生命最后的日子里，依然不忘给对方以生命的鼓舞，这是何等高尚而神圣的一种情感。

做一做

1. 同桌没来上课，应打电话到他家问问是不是生病了。
2. 同学生病时，要照顾同学。
3. 如果小伙伴不开心，就陪着他一起做游戏。
4. 爸爸妈妈下班后，可以倒杯水给他们。
5. 妈妈生气时，要劝劝妈妈，逗妈妈开心。
6. 老人行动不便时，要帮助老人。

29 老师的手

——培养尊师的美德

美德故事

在一年的感恩节上，有一份报纸的社论版登了一则故事。

一位教师要求她所教的一班小学生画下最让他们感激的东西。她心想能使这些穷人家小孩心生感激的事物一定不多，她猜他们多半是画一些桌上的烤火鸡和其他食物。当她在教室里踱步的时候，却无意中看到一位女学生杜格拉斯的图画，那是以童稚的笔法画成的一只手。看到这幅画时，她感到很惊讶：为什么她不画食物或者令她感兴趣的东西，而画一只手？

“谁的手？”全班都被老师手中拿着的一幅抽象的画吸引住了。

接着全班的同学都围了过来，争先恐后地看杜格拉斯的画。

“我猜这是上帝赐给我们食物的手。”其中的一个孩子说。

另一个孩子说：“一位农夫的手。”

老师没有说话，没一会儿全班都安静了下来。等大家都继续做自己的事了，老师才过去问杜格拉斯：“那到底是谁的手？”

“老师，那是您的手。”孩子低声说。

“那你为什么要画我的手呢？”老师问道。

“因为下课后的休息时间，您用您的手牵着孤寂无伴的我散步，而且您也经常如此对待其他同学，经常把我们当做是自己的孩子，所以您的手对我来说有着特别的意义。”杜格拉斯回答道。

老师听了以后深受感动。

花香思语

什么人是你最应该感谢的？是每天送你上学，给你做饭，讲故事的妈妈？还是陪你一起玩游戏，教你知识的老师？不管怎样，每一个人心里都有要感谢的人，不论老师、父母，还是朋友，你知道自己应该做什么了吗？那就赶快行动吧！

做一做

1. 尊重老师的教学劳动。上课专心听讲，开动脑筋积极回答老师的提问，认真独立完成老师布置的作业。

2. 听从老师的教导。老师对学生提出的建议和批评一般都是正确的、善意的、对学生有利的，所以我们都要听从。

3. 对老师有礼貌。课堂上遵守纪律，下课后走在老师后面，在路上遇到老师要主动向老师问好，进老师办公室时要喊“报告”，得到允许再进去。

4. 老师误解你，或者老师的话伤害了你，要及时和老师沟通，不能对老师不理不睬，或者在背后骂老师。你可以把你的看法或意见直接告诉老师，也可以采用书信的方式。但态度要诚恳，因为老师都不是有意的。

5. 教师节或新年时，用鲜花或贺卡给老师送去祝福。

30 煮熟的花子

——培养诚实的美德

美德故事

一位贤明的国王，决定从王国的众多孩子中挑选一个，培养成未来的丞相。

国王想出了一个很独特的方法，他发给每个孩子一些花子，并宣布谁能培育出最美丽的花朵，谁就能够成为丞相。

孩子们得到花子之后，开始精心地培育，从早到晚浇水、施肥、松土，每个人都希望自己能成为一位幸运者。

有一个出身贫穷的小男孩也分到了一些花子，虽然他尽心尽力地培育它们，但是花盆里的种子始终没有发芽。

最后，比赛的日子到了。富人家的孩子穿着漂亮衣服走上街头，他们捧着盛开的鲜花，盼望着国王的垂青。国王乘着马车在花海里缓缓地巡视，但是，面对着朵朵争奇斗艳的鲜花，他一点都不兴奋，直到他看到那个捧着空花盆的小男孩，脸上才露出了微笑。

当然，这个小男孩成了最后的幸运儿。因为国王发的花子全部是煮过的，根本就不能发芽开花。

花香思语

诚实如同埋藏在泥土里面的果实，谎言则如同枝头上娇艳的花朵。虽然谎言能给人暂时的美感，但它的枯萎是不可避免的，而诚实会在那里生根发芽。一个空空的花盆，却是一个诚实的小孩最真诚的心。华丽的谎言都被揭穿，唯有贫瘠的花盆熠熠生辉。

做一做

如何才能成为一个诚实的人呢？

1. 从故事中明白诚实的道理。很多童话、寓言中的故事，常常蕴含着诚实做人的道理。通过阅读，我们可以明白什么是诚实，什么是虚假和欺骗，应该怎样做，不该怎样做。

2. 在生活中做一个诚实的人。当我们明白了诚实做人的道理，就要在生活中诚实待人，诚实做事，树立自己诚实的形象。

3. 制订一些要求，严格要求自己。可以给自己设定一些要求，如不是自己的东西不能带回家，没有得到别人的同意，不可随便拿别人的东西，借了人家的东西要及时归还，犯了错要勇于承认，凡是答应别人的请求就一定要想方设法做好等。

31 丢弃的粮食

——培养爱惜粮食的美德

美德故事

从前，有一个富裕人家的孩子，名叫小淘。一天，他在淘米时浪费了许多米。那些被丢在水槽里的米粒们非常生气，它们一齐说：“这孩子这么浪费粮食，我们应该好好教育教育他。”说完，它们便叫齐了前几次被丢弃的米粒们，一起商量对策。商量好后，它们便开始行动了。

有一天，小淘来到教室里，发现自己桌子上全是米，便大声骂道：“是哪个坏蛋把米放到我桌上的！”这时，米粒们气愤地说：“你不但不爱惜粮食，还讲脏话，今天，我们非教训教训你不可。”于是，它们就一哄而上，边说边打。小淘连忙叫道：“你们别打了，我以后再也不敢了。”米粒们异口同声地说：“那你得答应我们两个条件：第一，你以后要爱惜粮食，不讲脏话。第二，用你的巧手画一幅关于爱惜粮食的画，贴在淘米池上。”小淘立刻答应了，而且全做到了。小米粒们都跷起了大拇指。

从此，这种事情再也没发生过，同学们都能自觉地爱惜粮食了。

花香思语

现在人们的生活水平越来越好，有些家庭富裕的小朋友不懂得节俭。这是一种很不好的行为，会遭到小米粒们抗议的。所以小朋友们，不论是粮食还是能源，我们都应该节约，这样才能使我们的世界变得更美好。

做一做

1. 在家里，如果看到其他人浪费粮食，要提醒他们。他们不会生气，还会夸你是爱惜粮食的好孩子呢。

2. 剩菜在存放时要注意卫生，夏天最好不吃剩菜。熟食一定要热透再吃，超过24小时的熟食最好不要再吃。

3. 有条件的话去田地里看看播种、施肥、收割等农活的操作过程，也可以体验一下劳动的辛苦，我相信，亲自体验过以后都会更加爱惜粮食。

3. 餐桌上保持卫生，不要让饭菜掉在桌面上，能吃多少盛多少，不要在自己碗里剩菜剩饭。“谁知盘中餐，粒粒皆辛苦”，这句诗小朋友们都要时刻记于心中。

32 借粮度日的蚯蚓

——培养讲信用的美德

美德故事

蚂蚁与蚯蚓是邻居。秋天来了，蚂蚁四处寻找食物，准备过冬；而蚯蚓却懒洋洋地躺在那里睡大觉。

“蚯蚓老弟，你还不快起来，准备点儿食物过冬?”蚂蚁推醒了蚯蚓。“哦，蚂蚁大哥，过冬还早着呢！对我来说现在最重要的事情是睡觉。”蚯蚓说完，揉了揉眼，又准备躺下。“可是，你去年冬天从我那里借了一碗粮食，许诺今年秋天还给我的，现在秋天都快过去了，你什么时候还我粮食?”蚂蚁问道。“这个……这个……这样吧，在今年冬天下第一场雪前，我一定还给你。”“那好，别忘了。对了，你今年春天还向我借了一瓢花生呢。”“知道了，知道了，到时候一起还给你。”蚯蚓说完，把蚂蚁推出门，又倒头大睡。

下雪了，蚂蚁一点儿也不担心，因为它已经准备好了足够多的食物过冬。可是蚯蚓怎么样了？它不是说过下雪前要还蚂蚁粮食的吗？“咚……咚……咚”，门被敲响了，“谁呀?”蚂蚁喊道。“我……是我……蚂蚁大哥，请开开门。”门外，又冷又饿的蚯蚓缩成了一团。

是不是还我粮食来了?蚂蚁边想边开了门。“我现在又冷又饿，求你再借点粮食给我……”“我以为你来还粮食呢，想不到你还想借。你还是走吧，我再也不敢借给你了。”“求你看在朋友的分上……”“看你这样可怜，我再给你点粮食。但你这么懒惰，还不讲信用，以后我不再和你做朋友。”蚂蚁说完，把粮食递给蚯蚓就关上了大门。

做一做

1. 树立守信用的观念。信任建立在诚实的基础上，只有时时刻刻提醒和要求自己诚实，才能慢慢建立自己的信用。记

住，一句谎话就可能丢了信任。

2. 学会说“不”。当有朋友向你寻求帮助的时候，要先考虑自己的实际情况，看自己是否能够完成朋友的要求，如果觉得有困难，就要委婉地说“不”，切记，不要为了自己的面子而丢掉了信任。

3. 如果答应别人的事情遇到困难，请大家帮忙解决。有许多事情做起来会有困难的，既然你已经答应了别人，就要学会向父母或老师、朋友求助，共同完成这件事。

4. 要按时完成答应别人的事情。如果你答应了他人要做的事情，一定要记住，也可以把它写在本子上，时刻提醒自己，并努力按照说好的时间去完成。记住，答应别人的事情一定要放在心上，拖拖拉拉也是不守信用的表现。

5. 做不好要及时道歉。因为特殊的原因而不能按照原来计划的去做，就一定要及时向朋友说明原因，请求朋友的谅解。

花香思语

朋友之间培养感情就像在银行里储蓄，一定要讲信用。如果一个人不讲信用，那么银行还敢借钱给他吗？同样的道理，如果我们对朋友背信弃义，那么还能奢望朋友像以前一样对我们亲密无间吗？所以，用我们的真心珍惜我们的友情吧，让彼此的信任加固我们友情的底座。

33 奋不顾身的看家狗

——培养三思而后行的美德

美德故事

有一个年轻人婚后不久，太太就因难产而去世了，那个年轻人不得不在工作的同时照看孩子。后来，他养了一只聪明懂事的狗，那只狗不但能看家，还能照顾孩子，甚至可以咬着奶瓶喂奶给孩子喝。于是，那个年轻人就放心地将照看孩子的工作交给了这只狗。

一天，年轻人去别的村子看望朋友，回来的路上遇到大雪，没能在当天赶回家。第二天早上，年轻人回到了家中，他推开房门一看，家里的情况让他大吃一惊：满地都是血，惊慌失措的他急忙冲进卧室，那只狗在床边冲着他大叫，嘴里全都是血，床上也有血迹，他的孩子却不见了。年轻人看到这些，以为这只狗野性发作，把孩子吃掉了，急怒之下，把狗活活打死了。

当年轻人跪在床边，为失去孩子而抱头痛哭时，他隐约听到床下有哭声，循着声音，他看到自己的孩子就在床下。孩子的身上虽然有血，但并未受伤，看到父亲立刻露出了笑容。

年轻人呆了半晌，不知道究竟发生了什么事。他沿着血迹找到厨房，发现了一只已经死去的狼，在那只狼的嘴里，还咬着一块从狗身上撕下来的肉。

花香思语

人在冲动的情况下，谁能保证不会做出失去理智的事？故事中的年轻人因一时冲动，失去了对狗的信任，杀害了忠诚的狗而造成不可挽回的遗憾。因此，永远别在冲动的情况下处理事情。遇事冷静地思考一下，三思而后行，不要让自己在犯错之后才追悔莫及。

做一做

1. 正生气的时候不要做任何事情。你有没有在生气的时候对妈妈发脾气呢？如果做过这样冲动的事情，那就赶快向妈妈道歉吧。

2. 下结论或者发表你的看法前，先弄清楚事情的前因后果。

3. 做事情之前，要做好计划和充分的准备。如果你打算去超市购物，你就要先列出购物的清单；如果你打算去体育馆运动，你就要带好运动的用品。

34 倒在沙漠里的伙伴
——培养信任的美德

美德故事

有两个人结伴横穿沙漠，带去的水喝完了。由于天气干燥，沙漠中又没水喝，其中一个人中暑了，不能行动。剩下这个健康而又口渴难耐的人对同伴说："我亲爱的朋友，我们现在已经没水喝了，你在这里等着，我去寻找水源。"

临走前，他把手枪塞在同伴的手里说："枪里有五颗子弹，记住，三个小时后，每小时对空鸣一枪。听到枪声，我会找到正确的方向，然后与你会合。"

两人分手以后，一个充满信心地去寻找水源，一个满腹狐疑地躺在沙漠里等待。他眼睛盯着表，按时鸣枪。除了自己以外，他很难相信还会有人听见枪声。他的恐惧越来越深，一会儿他认为同伴可能找水失败，也许中途渴死。一会儿他又相信同伴找到了水，但却弃他而去，不再回来。

到应该鸣第五枪的时候，这人悲愤地想到：这是最后一颗子弹了，伙伴早已听不见我的枪声，等到这颗子弹用过之后，我还有什么依靠呢？我只有等死而已。而且，在一息尚存之际，秃鹰会啄瞎我的眼睛，那是多么痛苦的事啊，还不如……他用枪口对准自己的太阳穴，扣动了扳机。

可是几分钟后，那提着满壶清水的同伴领着一队骆驼商旅寻声而至。但他见到的却是一具尸体。

花香思语

朋友是我们成长道路上最美的一道风景线，对待朋友，最重要的就是信任。只有彼此信任，友谊才能长存。在危难来临的时候，不要去怀疑朋友，不要把最后一颗子弹留给自己。故事中的人，在放弃了自己生命的同时，也放弃了对朋友的信任。

做一做

1. 做一个守口如瓶的人，就会得到朋友的信任。朋友有什么小秘密或难言之隐都会对你说，你们的友谊就自然会更深。即使你和朋友闹了矛盾，也不能把他以前的秘密说出来，这样，你会赢得所有人的尊重和信任。

2. 不要在背后说朋友的坏话。谁也不会信任一个喜欢搬弄是非、在背后议论他人的人。

3. 如果请你信任的朋友帮你做一件事情，一定要告诉他你很信任他，这样，他会更积极地把这件事情做好。

4. 不要对每个人都信任。只有相处一段时间，熟悉了对方的性格和做事方式才能判断他值不值得信任。

5. 把自己的想法或计划告诉朋友，这样，他会认为你在信任他，他也会因此而信任你。因为你不相信别人，就不可能赢得别人的信任，失去了别人的信任，你自然没有好人缘。

35 一分钟的哲理
——培养珍惜时间的美德

美德故事

有一天，著名的教育家班杰明接到一个年轻人的求救电话。年轻人说，希望能与班杰明见面，并请教成功的秘诀。班杰明与年轻人约好了见面的时间和地点。

当那个年轻人如约而至的时候，班杰明的房门大开着，眼前的景象令年轻人大吃一惊——班杰明的房间里乱七八糟，狼藉一片。

没等年轻人开口，班杰明就招呼道："你看我这儿太乱了，请你在门口等一分钟吧。"他边说边把房门关上了。

不到一分钟的时间，班杰明就又打开了房门，并热情地把年轻人让进了客厅。这时，年轻人的眼前是一个非常整齐的房间，桌上还放了两杯刚倒好的红酒。

班杰明举起酒杯说："干杯，年轻人，你已经得到答案了吧。"

年轻人很尴尬地说："可是我还没向您请教呢……"

"这难道还不够吗?"班杰明一边看着自己的房间一边说："你进门前看到了什么？可一分钟后，你又看到了什么?""一分钟?"年轻人若有所思地说，"我懂了，您让我明白了一分钟的时间可以改变很多事情。"

花香思语

成功其实没什么秘诀，成功就是正确的目标加上勤奋。勤奋必须体现在行动上，而不是口头上。而行动的第一步，也是最关键的一步就是具有时间观念。很多时候，成功和失败就在短短的一分钟之间。

做一做

1. 先做最重要的事情。比如放学后的第一件事情就是写作业，完成之后再安排其他事情。

2. 把需要做的事情写下来，然后列个时间表，尽量按计划的时间把事情完成。那样你会留出更多的时间做其他事情。

3. 为了上学不迟到，要早点起床。起床后的洗漱、整理房间、吃早餐等都要迅速，不要拖拖拉拉。

4. 和朋友约好了见面的时间和地点后，要准时赴约。守时不仅是珍惜时间的表现，更是有教养有礼貌的体现。

5. 做事情要专心，只有专心才会做得更快更好，这在无形中也就节省了时间。

6. 把用过的东西放回原处，这样你下回用的时候一下子就能找到了，不必为寻找东西而浪费时间。

7. 将一幅有关时间的名言警句挂在醒目的地方，时刻提醒自己。比如“时间就是生命”、“珍惜时间”、“时间就像海绵里的水一样，只要使劲挤就会有的”等。

36 一双暖和的脚

——培养有爱心的美德

美德故事

圣诞节的时候，凯瑟琳得到了一身漂亮的衣服。新衣服穿在身上，好像整个人都不一样了。她蹦蹦跳跳地走在大街上，感觉所有人都在看着她，这种感觉真的是太好了。

天气很冷，商店窗户上的冰花更增添了节日的气氛。她注意到商店外面蜷缩着的一个老妇人，她身穿旧式印花洋装，一双破烂的黑鞋，但是没有穿袜子。同情心顿时涌上了她的心头，她走过去问道："老婆婆，我想把我的袜子给你，希望你节日快乐！"

老婆婆用感激的眼光看着她说："十分感谢你。如果有什么是我最爱的，那就是晚上睡觉时有双暖和的脚，这种感觉我已经记不得了。"

凯瑟琳把袜子给了她，感觉自己做了一件最有意义的事。她心里想着那位老妇人所度过的辛酸与孤独的艰苦生活。老妇人所说的话让她很感动："如果有什么是我最爱的，那就是晚上睡觉时有双暖和的脚。"

回到家里，凯瑟琳把赠袜子的经过告诉了妈妈，她得到了妈妈的表扬和奖励。善良的妈妈又从鞋柜里拿出一双厚棉鞋，让凯瑟琳给那位老婆婆送去。

这个圣诞节，凯瑟琳用付出的爱心，收获了照耀心灵的阳光。

做一做

1. 孝敬长辈。自己能做的事情自己做，帮助长辈做力所能及的事情，比如陪爷爷奶奶说话、做游戏，让全家都快乐起来。

2. 热爱班集体。在集体中，最能表现出爱心。同学生病

了，你要主动问候；举办集体活动时，要努力做好；同学遇到了困难，要热情帮忙等。

3. 捐助灾区和贫困地区。当有些地区发生水灾或火灾以后，那里的孩子们就可能没有书本学习，没有衣服穿，我们应该在老师或父母的帮助下，尽自己的能力，给那里捐一些自己不用的或者多余的东西。

4. 爱护小动物。小猫、小狗、小鸟等小动物和人一样是有生命，知道疼痛的。我们在和它玩的时候，不要使劲揉捏它，更不能随便踢打它。

5. 不踏草坪，不乱摘花、折树枝。花草树木不仅能美化环境，还能净化空气。所以我们都要爱护它们，还要当它们的守护天使呢。

花香思语

凯瑟琳是个幸福的孩子，更是一个有爱心的好孩子。在寒冷的节日里，她的一双袜子使贫穷的老婆婆得到了一丝温暖，虽然这份温暖很有限，但是如果人人都能献出一点爱，这个世界就会变成温暖的人间。

37 玻璃杯里的跳蚤

——培养自信的美德

美德故事

有一位老师问他的学生："你认为自己明年能考上重点大学吗？"学生摇了摇头。老师又问他："你怎么知道自己考不上？"

"我没有这个实力，因为我从来没有考进班上前十名。"学生沮丧地说。老师笑着摇摇头，说："不对！你听说过跳蚤的故事吗？跳蚤本来可以跳两三尺高，但有一只跳蚤居然跳不出三寸高的玻璃杯，你知道这是为什么吗？"

学生疑惑地望着老师。老师接着说："科学家做过一个有趣的实验。他们把一只跳蚤放在一只玻璃杯里，然后在杯口盖上一块玻璃。跳蚤使劲一跳，头重重地碰在坚硬的玻璃上。它不甘心失败，又跳了一次，它的头再一次重重地碰在坚硬的玻璃上。这样，经过无数次碰壁以后，即使把玻璃拿掉，它也跳不出玻璃杯。你说这是什么原因？"学生想了想，回答道："这只跳蚤由于受过多次挫折，它在潜意识里已经认定自己不可能跳出这只玻璃杯，它丧失了跳出去的信心。"

老师满意地笑了，说："对！我也希望你不要像那只跳蚤一样，在遭受了一些挫折和失败以后，就自我设限，丧失了追求成功的欲望和信心。"

做一做

每天告诉你自己——我是最棒的！努力来证明你是最棒的，养成自信的好习惯。现在就开始使用下面的方法培养你的自信心吧。

1. 快乐放松。快乐可以让你不感到劳累，放松可以产生迎接挑战的勇气。人轻松开心的时候，体内就会发生奇妙的变

化，从而获得新的动力和力量。所以在奋斗的过程中就应该充满快乐，发掘、调动积极情绪，抵制和克服消极情绪，将痛苦、烦恼、忧愁等消极情绪转化升华为积极有益的行动。

2. 立足现在，挑战自己。不沉浸在过去，也不要沉溺于梦想，而要脚踏实地，着眼于今天。不断寻求挑战，激励自己。提醒自己不要沉醉于已取得的成绩，而应只把它作为迎接下次挑战的出发点。

3. 自我期许，自我激励。你的心里能够设想和相信什么，你就能够用积极的心态去获得什么；你把自己想象成什么人，你就真的会成为什么人。暗示和激励要用正面积极的语言，比如，说“我一定成功”，而不说“我不可能失败”，说“学习对我来说很容易”，不说“学习并不难”。

4. 积累成功。成功是一种有力的激励，它可以增强你的自信心，给你奋斗的力量，使你的意志更加坚强，帮助你确定未来的发展道路。所以，莫以“功”小而不为，成功地做好每一件小事，会激励你去追求更大的成功。

花香思语

爱跳的跳蚤因为一次次的碰壁，就认定自己跳不出玻璃杯，因此丧失了跳出去的信心。在遇到难题的时候，你是否也像跳蚤一样试几次就认为自己不行了呢？为什么不多给自己一些信心呢？

38 小老鼠去旅游

——培养敢于尝试的美德

美德故事

有一只小老鼠想去海边旅行。于是它把这个想法告诉了父母。

没想到父母听后大声说："真是太可怕了！世界到处充满恐怖，你可去不得！我们也都从来没有尝试过去那么远的地方。"

小老鼠坚定地说："但是我从没见过大海，我要尝试一下自己出门去旅游。我的决心已定，你们阻拦也没用。"

"既然我们拦不住你，那么，你千万要多加小心啊！"它父母担心地说。

第二天天一亮，小老鼠就上路了。可是很快小老鼠就碰到了麻烦。它刚走到一棵树下，一只猫从树后跳了出来。它对小老鼠说："真是上天的恩宠，给我送来了如此美好的食物。"说完一下子扑了过去。

这对小老鼠来说，真是性命攸关。它拼命地逃跑，尽管一截尾巴落到猫的嘴里，但总算是幸免于难。

到了下午，小老鼠又遭到了鹰和狗的袭击，它被一次次弄得晕头转向、遍体鳞伤，它又累又怕。

傍晚，小老鼠终于爬上最后一座山，展现在它眼前的是一望无际的大海。它凝视着一个接一个翻滚的浪花，蓝天上是一片绚烂的晚霞。

"太美了！"小老鼠禁不住地喊了起来，"要是爸爸和妈妈现在同我一起共赏这美景该有多好啊！"海上渐渐出现了月亮和星星，小老鼠坐在山顶上，沉浸在静谧和幸福之中。

花香思语

这是一只多么可爱而又勇敢执著的小老鼠！如果没有足够的勇气，如果和爸爸妈妈一样害怕世间的险恶，它又怎么能够欣赏到天高云淡、月朗星稀的美景？追求梦想的道路从来都不是一帆风顺的，都要付出艰辛，甚至是生命的代价，关键就看你是怎样去选择，怎样去面对。

做一做

1. 别人对你说的观点和想法，你要思考研究，亲自去验证。比如奶奶告诉你“吃鱼子会变笨”，你想一想，吃营养的东西怎么会让脑子变笨呢？为什么小孩子吃了变笨，大人吃了就不会变笨呢？其实你吃了，一点都不会变笨。

2. 在画画中可以尝试新的画法，不要怕画不好，因为只有画过才知道行不行。

3. 尝试新的游戏。当然，不能盲目地去做，而是要先了解游戏的规则和动作要领，掌握了以后再去做，相信你能做得很好。

4. 在解答数学题时，尝试用各种思路去解答。

5. 发明创造都是从尝试中得到的成果，所以，你有了做实验的想法，可以亲自动手来做。如果使用的材料特殊，或者涉及电等危险物品，就必须在父母或老师的帮助下进行。

39 最后一片落叶

——培养坚定信念的美德

美德故事

在医院的病房里，躺着一个孤单的姑娘。她没有亲戚朋友，从来没人到医院探望她，而她的病情也是每况愈下。她每天能做的，就是无聊地躺在病床上，看着小窗外的一点天地。

在这种情况下，她的心情越来越低落。每天仅有的一点慰藉，就是窗外的一棵树。那种树是很常见的，不过那些绿色的叶子却能给她日渐干涸的心灵带来一点点生命的暖意。

秋天到了，秋风起了，那棵每天都陪伴她的树，在秋风中叶子一片片掉落下来。她的病情仍没有好转，而且一天不如一天。望着眼前的萧萧落叶，她的心情更糟了，心想：“当树叶全部掉光时，我也要死了。”她等着最后一片叶子的凋落。渐渐地，树上的叶子越来越少，但不知为什么，还有一片叶子依然绿油油地、顽强地挺立在枝头。她心想，叶子啊叶子，你虽然顽强，可是又怎么能抵挡得了无情的秋风呢？不管你怎么坚持，到最后，你也是和同伴一样的下场啊！这么想着，病人的心情越发消沉起来了，她觉得一切的抗争都没有意义。奇怪的是，当其他所有的叶子都掉光的时候，那片叶子却还是挂在枝头，仍是绿油油的。她勉强支撑着，从床上坐起来，想用手去触碰那片叶子。当然，她没有碰到，但她的心却开始变得暖洋洋的。

一天晚上，狂风大作。她想：不知道那片叶子还能坚持过今天晚上吗？如果它能坚持到明天早上，那我也能坚持自己的生命；如果连它也抵抗不住，凋零了，那我也该……第二天一早，她迫不及待地打开窗户，没想到，那片叶子居然还在，依然焕发着绿色的光芒！我要活下去！她暗暗发誓。最后，她奇迹般地康复了。其实，那最后一片绿叶是一位老画家画的。老画家得知了她的情况后，为了鼓舞她，用彩笔画了一片叶子挂在树枝上。

就是那一片并没有存在过的树叶，拯救了一个姑娘的生命。

花香思语

这是一个关于信念的非常具有感染力的故事。在成长路上，每个人都会遇到一些困难，但任何困难在顽强的意志和坚定的信念面前都是纸老虎。因此，随时给自己准备一片树叶，它是积极向上的象征。

做一做

1. 正确地认识自己。有些人可能状态不好，或者太在意别人的看法，就会感到自卑。其实只要正确全面地认识自己，就会消除自卑感。“天生我才必有用”，每个人都有优点和缺点，只是有的明显，有的不明显而已。别人的看法只是单方面的，你不必自卑。

2. 不断地完善自己。了解自己的性格优势和不足，要学会扬长避短。通过不断的学习和更新，不断完善对自己的认识，才能使自己变得更完美。

3. 增强自信。越是充满自信的人，就越能出色地达到目标。从心灵上确认自己能行，给自己鼓劲。只要有心理准备，你就能坚定信念，不因一点困难而退缩。相信自己，“我能行！”

4. 乐观地面对未来。人的思想是最自由的，你可以给未来编织一个美好的目标，经常想一想未来的美好，坚定不移地向那个目标前进。每个人在前进的途中都会遇到困难，如果不能乐观地面对未来，会很容易放弃追求。这时，就再想一想未来的美好吧，相信它会给你足够的动力！

40 国王的三个儿子
——培养善待对手的美德

美德故事

很久以前，有一位年迈的国王，他决定不久后就将王位传给三个儿子中的一个。一天国王对三个儿子说："我老了，决定把王位传给你们中的一个，但你们三个都要到外面去游历一年。回来后告诉我，你们在这一年内所做过的最高尚的事情。只有真正做过高尚事情的人，才能继承我的王位。"

一年后，三个儿子回到了国王跟前，告诉国王自己这一年来在外面的收获。

大儿子先说："我在游历期间，曾遇到一个陌生人，他十分信任我，托我把一袋金币交给他住在另一个镇上的儿子，当我游历到那个镇上时，把金币原封不动地交给了他的儿子。"

国王说："你做得很对，但诚实是你做人应有的品德，不能称得上是高尚的事情。"二儿子接着说："我旅行到一个村庄，刚好碰上一伙强盗打劫，我冲上去帮村民们赶走了强盗，保护了他们的财产。"国王说："你做得很好，但救人是你的责任，还称不上是高尚的事情。"三儿子迟疑地说："我有一个仇人，他千方百计地想陷害我。在我的旅行中，有一个夜晚，我独自骑马走在悬崖边，发现我的仇人正睡在一棵大树下，我只要轻轻地一推，他就会掉下悬崖摔死。但我没有这样做，而是叫醒了他，告诉他睡在那里很危险，并劝告他继续赶路。后来，当我下马准备过一条河时，一只老虎突然从旁边的树林里蹿出来，扑向我，正在我绝望时，我的仇人从后面赶过来，他一刀就结果了老虎的命。我问他为什么要救我，他说：'是你救我在先，你的仁爱化解了我的仇恨。'这……这实在是不算做了什么大事。"

"不，孩子，能帮助自己的仇人，是一件高尚而神圣的事。"国王严肃地说，"来，孩子，你做了一件高尚的事，从今天起，我就把王位传给你。"

花香思语

“投之以桃，报之以李”，这毕竟是一个充满了爱和宽容的世界。不要长久地仇视他人，要懂得用宽容的心、用爱去看待仇视自己的人。因为宽容和爱能化解仇恨。这样的人才是高尚的人，才是一个大气的人。

做一做

1. 友谊第一，比赛第二。在游戏比赛或运动比赛中，要在公平公正的情况下战胜对手。比如在足球比赛中，如果你使对方摔跤了，不管他有没有错误，你都要诚心地向他道歉，并扶他起来。

2. 向对手学习。成为我们对手的人或团体，那就说明对方和我们的实力相当，有很多值得我们学习的地方。比如你和另一位同学在考试成绩中总是不相上下，或者总是在你前面，那你就应该把他作为你的对手，分析学习他的优点，努力超过他。

3. 平常心看待高低之分。有竞争就有对手，有对手总要分高下。只要能以平常心来对待一时一事的高低之分，把目光放得更远一些，就会从对对手的敌对心理中走出，把对手当做前进路上互相帮助、共同提高的朋友。

41 我知道你会来的
——培养忠诚的美德

美德故事

有一对兄弟，他们同在法军的一支部队里服役。在一场战斗中，其中一人被德军的子弹击中了。幸免于难的士兵请求长官，希望允许他去把兄弟背回来。

长官说：“他可能已经死了，你冒着生命危险去把他的尸体背回来是没有用的。”

但是在他的一再请求下，长官同意了。

那名士兵成功地背回了他的兄弟，可是他们刚回到营地，他那身负重伤的兄弟就死去了。

长官摇摇头，说：“看吧，你冒死把他背回来，真是毫无意义。”

但这名士兵回答道：“不，长官，我做了他所期望的事情。我也得到了回报。因为当我摸到他身边扶起他的时候，他对我说，‘汤姆，我知道你会来的——我就是觉得你会来。’”

这个故事的主旨在于，有的人可能期望我们做出高尚、出色而无私的举动，而有的人可能只期望我们能够忠诚。

花香思语

通常能让我们热泪盈眶的，并不是春风得意时的锦上添花，而是危难困苦时的雪中送炭。那个士兵冒着生命危险背回了与自己一同出生入死的兄弟，这是他对兄弟的忠诚。虽然他也知道兄弟不久便会远离人世，但他还是把他背了回来，只为了那份亲如手足的兄弟情。人世间，还有比这种忠诚更能打动人心的品质吗？

做一做

1. 对朋友忠诚。诚实讲信用，是最基本的忠诚行为。说到就要努力做到，如果怕做不到，事先就不要答应对方的要求。对朋友忠诚还要做到：不在背后说朋友坏话，帮助朋友克服困难，和朋友一起进步等。

2. 对班集体忠诚。团结互助，为班集体争光，是忠诚于班集体最充分的表现。班集体是我们的另一个家，是我们除了父母以外相处时间最长的团队。只有热爱集体，才会忠于集体。在团体比赛中，在校园比赛中，我们都要努力为自己的班集体争光，让我们都为自己的班集体而骄傲吧。

3. 对祖国忠诚。作为小学生，我们需要做的就是热爱祖国，维护祖国的荣誉。如果你遇到一个外国小朋友说中国没有他的国家好，那你千万不能听而不闻。你要站到他面前，问他觉得哪方面没有他的国家好，并且举一些我国哪些方面更好的例子说服他。

42 狐狸请吃饭

——培养真诚待人的美德

美德故事

这天，狐狸请仙鹤吃饭，可它却很吝啬，端出一只平底的小盘子，盘子里盛了一点儿肉汤，它还连声说："仙鹤大姐，别客气，请吃吧，吃吧！"仙鹤一看，非常生气，因为她的嘴巴又尖又长，盘子里的肉汤一点也没喝到。可狐狸呢，张开它那又阔又大的嘴巴，呼噜呼噜没几下，就把汤喝光了，还假惺惺地问仙鹤："您吃饱了吧！我烧的汤，不知合不合您的口味？"

仙鹤对狐狸笑笑："谢谢您的午餐，明天请到我们家吃饭吧！"狐狸正等着这句话呢，连忙说："好的，明天中午我一定去，一定去。"

狐狸一心想在仙鹤家多吃点儿，所以这天晚饭没吃，第二天早饭也没吃，饿着肚子，早早来到仙鹤家等着吃午饭了。狐狸一进仙鹤家的门就闻到一股香味儿，它仔细嗅了嗅："嗯，准是在烧鲜鱼！"心里不禁暗暗高兴。狐狸坐到饭桌前，不一会儿，仙鹤端出一只长颈瓶子放到狐狸面前，指着瓶子里的鱼和鲜汤说："狐狸先生，请吃吧，别客气！"狐狸望着那么小的瓶口，它那又阔又大的嘴巴怎么也伸不进去。闻着香味，它肚子饿得咕咕叫，馋得直流口水。狐狸什么也吃不到，只能看着仙鹤把又尖又长的嘴巴伸进瓶子里，把鱼吃了，把汤喝光了，还客气地劝狐狸："吃吧，放开吃吧！"

狐狸耷拉着脑袋，饿着肚子回家了。

花香思语

人与人之间需要的是真诚，而不是自以为是的小聪明。没有一个人会愿意活在欺骗与虚假中。给予别人真诚的心，才能得到真心的回报。

所以大方些，真诚地面对每一个人，世界才会更美好！

做一做

1. 在路上遇到朋友，真诚地给对方一个微笑。
2. 发现朋友的优点，真诚地赞美对方。
3. 做了错事，真诚地向对方道歉。
4. 朋友无意做错了事，你要真诚地原谅对方。
5. 看到别人遇到困难，要真诚地尽力帮助对方。
6. 对帮助自己的人，真诚地说声“谢谢”。

43 最大的礼貌

——培养守时的美德

美德故事

1779年，德国哲学家康德计划到一个叫珀芬的小镇，去拜访老朋友威廉·彼特斯。康德动身前曾写信给彼特斯，说自己将于3月2日上午11点之前到达。

康德3月1日赶到了珀芬小镇，第二天早上租马车前往彼特斯的家。老朋友住在小镇外的农场里，小镇和农场中间隔了一条河。当马车来到河边时，细心的车夫说："先生，不能再往前走了，因为桥坏了，很危险。"

康德下了马车，看了看桥，中间的确已经断裂了。河面虽然不宽，但水很深，而且结了冰。"附近还有别的桥吗？"康德焦急地问。车夫回答说："有，在上游还有一座桥。"康德看了一眼怀表，已经10点了。"如果走那座桥，我们什么时候可以到达农场？""我想大概得12时30分。"康德又问："如果我们经过面前这座桥，以最快的速度多长时间能到？"车夫回答说："最快也得用40分钟。"

康德跑到河边一座破旧的农舍里，客气地向主人打听道："请问您的这间房子要多少钱才肯出售？"农妇大吃一惊："您想买如此简陋的房子，这是为什么？""不要问为什么，您愿意还是不愿意？""那就给200法郎吧！"康德付了钱，说："如果您能马上从破房上拆下几根长木头，20分钟内把桥修好，我将把房子还给您。"

农妇把两个儿子叫来，按时修好了桥。马车平安地过了桥，飞奔在乡间的路上，10时50分康德赶到了老朋友的家。彼特斯在门口高兴地说："亲爱的朋友，你可真守时啊！"康德在与老朋友相会的日子里，根本没提起为了守时而买房子、拆木头修桥过河的经过。

后来，彼特斯无意中听那个农妇讲了此事，便很感慨地给康德写了一封信。信中说道："你太客气了，还是一如既往地守时。其实，老朋友之间的约会，迟到一些是可以原谅的，何况您还遇到了意外。"

一丝不苟的康德在给老朋友的回信中写了这样的一句话："在一定意义上可以说，无论是对老朋友，还是对陌生人，守时就是最大的礼貌。"

花香思语

守时是一种美好的品质，正如康德所说：“无论是对老朋友，还是对陌生人，守时就是最大的礼貌。”我们应该从小就养成守时的好习惯，因为它是人们彼此建立信任的基础。只有一个尊重时间、尊重他人的人，才能在成长的道路上结交更多的朋友，人生的旅程才不会孤单。

做一做

1. 把与朋友约好的时间和地点写在本子上或台历上，提醒自己。要记住与别人约好的日期和时间，不能随便答应别人，也不可以同时约好两个人。那样不但不能守时，还会使朋友认为你不守信用。

2. 提前做好准备。如果你约好的时间是下午，你要在前一天或者早上起床就收拾好需要的物品，然后再去做其他的事情。那样就不至于到时候提前出发了，又因丢三落四返回来取东西而迟到。

3. 提前出发。意外经常会发生，比如堵车、遇到熟人聊几句、路上有人叫你帮个忙等，所以你必须提前出发。你可以去早一点，但是不能为迟到找借口。

44 轮椅上的撕画家

——培养自强不息的美德

美德故事

台湾棉纸撕画家温鹏弘幼时患了重度脑性麻痹，无法站立行走，从出生直到14岁都过着在地上爬行的生活。14岁以后，他才拥有了第一辆轮椅。

虽然人生坎坷，但他从未向命运低头，而是不屈不挠、奋发向上，曾经荣获“终生学习楷模奖章”。

由于失去了很多正常的生理功能，因此他从小就刻苦自学，还想办法克服语言发音的障碍。1992年，他以口试的方式正式通过小学学历鉴定，那一年他已年满28岁。到目前为止，他仍然顽强地坚持自学，已经达到了高中的文化水平。他30岁时才开始学习棉纸撕画，起初他以为只是将色纸撕碎、搓揉，然后贴在画纸上而已，学起来应该很容易。可是等到深入钻研以后，才发觉棉纸撕画并不是想象中那么简单。然而他并没有放弃，而是凭着爬行了14年的顽强意志，自创了温馨工作室，专门研究撕画。后来他还多次到学校演讲，给孩子们作报告，与他们共同分享自己人生奋斗的经验。

他常常鼓励年轻人：“不要放弃自己，不要放弃我们所热爱的生命，我辛苦爬行14年都没有放弃，你们碰到一点挫折算什么?我可以，大家一定也可以。”14年的毅力，最后在轮椅上成就了一名撕画家。

做一做

1. 带着小病上课，坚持学习。小朋友们容易得感冒、发烧、咳嗽等常见病，如果病得不重，最好不要请假。如果病得严重，那一定要请假，千万不要为了学习而耽误了病情。你可以在病情减轻时看看书，或者让同学来家里帮你补习功课。

2. 考试成绩不好时，不灰心泄气。学习中最怕的就是心灰意冷，自轻自贱。比如你英语成绩得了“30分”，你就想着自己不是学英语的料，反正学不好，就不学了。其实每个人通过努力都会有所收获的，如果你勤于背单词，上课认真记笔记，课后多练习，你的成绩一定会上去的。

3. 多参加富有竞争性的活动。自强不息的品格是在一次次面对困难并战胜困难的过程中逐渐形成的，我们可以从参加家庭竞赛活动开始，逐渐有勇气参加社区和学校的竞赛活动，在挑战中培养自强的品格。

4. 独立做事，有勇气承担责任。要培养自强不息的品格，就不能凡事依赖爸爸妈妈，什么事都让他们帮你做。做一件事情，如果不会可以请教家长，在家长的指导和鼓励下完成。因为没有独立的精神和人格，那么自强不息的品德就无从谈起。

花香思语

“当上帝为你关上一道门的时候，他一定会为你悄悄地打开一扇窗，问题是你有没有勇气和毅力去打开它。”所以，不论你目前的境遇如何，只要有自强不息的毅力和决心，就一定能够获得成功。

45 没有命令决不离岗

——培养遵守诺言的美德

美德故事

雪夜，一位巡逻的武警战士看见一个小男孩独自站立在街角，他的头上和身上都落满了雪花。

武警战士走到小男孩的面前，问他："小朋友，这么晚了，你为什么还不回家呢？"

小男孩告诉武警叔叔，傍晚的时候，他和伙伴们一起玩"打仗"游戏，他的任务是在这里站岗放哨。他已经向伙伴们保证：没有命令，决不离岗。

已经很晚了，又下着雪，武警战士知道其他的孩子肯定是把眼前的小男孩给忘了，各自回家去了。于是，他向小男孩报上自己的军衔并认真地行了一个军礼，然后对他说："你已经出色地完成了任务，现在，我命令你立即回家。"

小男孩也回了一个不太规范的军礼："是。"然后便蹦蹦跳跳地回家了。

花香思语

诚信，是人际交往中最重要的纽带。很多人为了眼前的利益而背信弃义，虽然这些人得到了他们想要的，可是他们失去的会更多。

想一想，在困难面前，你是丢弃自己的责任还是坚守它呢？

做一做

1. 树立守信用的观念。信任建立在诚实的基础上，只有时时刻刻提醒和要求自己诚实，才能慢慢树立自己的信用。记住，一句谎话就有可能丢了信任。

2. 如果答应别人的事情遇到困难，请大家帮忙解决。有许多事情做起来是有困难的，既然你已经答应了别人，就要学会向父母、老师或朋友求助，共同完成这件事。

3. 要按时完成答应别人的事情。如果你答应了他人要做的事情，一定要记住，不妨把它写在本子上，时刻提醒自己，并努力按照说好的时间去完成。记住，答应别人的事情一定要放在心上，拖拖拉拉也是不守信用的表现。

46 求人不如求己

——培养自立的美德

美德故事

一个人在屋檐下躲雨，看见观音正撑伞走过，于是这人说："观音菩萨，都说您普度众生，请带我一段吧。"

观音说："我在雨里，你在檐下，而檐下无雨，你不需要我来度。"

这人立刻跳出檐下，站在雨中，说："现在我也在雨中了，您该度我了吧。"

观音说："你在雨中，我也在雨中，我不被淋，因为有伞；你被雨淋，因为无伞。所以不是我度自己，而是伞度我。你要想度，不必找我，请找伞去！"说完便走了。

第二天，这人遇到了难事，便去寺庙里求观音。走进庙里，才发现观音的像前也有一个人在拜，那个人长得和观音一模一样，丝毫不差。

这人问："你是观音吗?"

那人答道："我正是观音。"

这人又问："那你为何还拜自己?"

观音笑道："我也遇到了难事，但我知道，求人不如求自己。"

花香思语

任何人的成长都不是一帆风顺的，在小的时候，我们遇到了挫折时总会对父母或长辈有所依赖，但是这种依赖不能伴随我们一生。因为我们总要长大，父母总有一天会离开我们，那时所有的问题都需要我们独立去思考，去面对。

做一做

1. 整理学习用品。收拾学习用品、整理书包，记住和准备好自己第二天该带的东西。不要总是丢三落四，依赖别人提醒你。

2. 自己解决学习中的问题。学习上遇到了困难是你自己的事情，要开动脑筋左思右想，实在想不出来才能请求别人的帮助，不要动不动就问。

3. 安排好自己的学习时间。每天在完成学习任务后，再看电视、玩电脑或者做其他游戏，不要把今天的事情拖到明天，不要让爸爸、妈妈和老师催促才去读书写作业。

4. 搞好个人卫生。自己收拾、打扫自己的房间；摆放好自己的衣服、日常用品并保持干净整洁，不要随手乱放，等待爸爸妈妈整理和清洗。

5. 饭后收拾碗筷。吃完饭收拾和清洗碗筷也是你自己的事情，不仅要清洗你一个人的碗筷，爸爸妈妈的也要清洗。

47 年少的老师

——培养助人为乐的美德

美德故事

“查尔斯，你把上午的功课做完就能出去玩一个小时了。”父亲说。

10岁的查尔斯是一个品学兼优的好孩子，他很快做完了功课。听到父亲这样说，他就出去玩了。对于他这么大的小孩，玩耍是很有诱惑力的一件事。

他最爱到附近那条河上的渔夫船上看打鱼。渔夫打鱼，他的妻子纺线，还有一个聪敏可爱的孩子，他们无忧无虑地生活着。尽管生活贫苦，但是他们生活得很快乐。他们唯一担心的就是儿子的上学问题。因为他们都不识字，不能自己教他，而且他们也没有钱送儿子去学校。有一天，查尔斯去渔夫家玩，看见小男孩正坐在桌子旁，用粉笔画着什么，于是他问：“你在画画吗？”“不，我在学写字。”小男孩回答，“我在站牌上看到两个字，我正把它们写下来呢。如果我能读书认字，那我一定会是世界上最快乐的人。”“这就是你的愿望？我想我能帮助你。”查尔斯很高兴能帮助这个小男孩。于是，查尔斯每天就利用这一个小时教他读书写字。小男孩学习很用心，很快就会写很多字了，而且发音也很准确。

就这样，查尔斯一直坚持做这件事。后来，父亲的一位朋友来拜访，当问及查尔斯去哪儿了时，父亲说：“他可能去散步了。”“我想他可能不是去散步了，”父亲的朋友说，“我经常看见他到渔夫的船上玩。”听了这话，父亲非常担心，因为那里很危险，尽管他已经警告过查尔斯了，但像大多数孩子一样，儿子总是不愿意听这样的劝告。于是他匆匆赶往渔夫家，但是没看到那条船，渔夫一早就出去打鱼了。他开始为查尔斯担心起来。

就在不远处有个小木屋，那是渔夫的家。罗斯先生走了进去，他看到了令人感动的一幕：查尔斯正坐在桌子一旁，另一边有个小男孩，他正写着查尔斯念出的字，还不时把字拿给查尔斯看，并且问道：“老师，我写得对吗？”

查尔斯看到了父亲，他害怕父亲会不高兴，但他的担心是多余的。父亲不仅非常高兴，第二天，他还为他们买了书、纸、钢笔和墨水。因为他为儿子能够学会帮助他人而高兴。

花香思语

当互不相识的两个孩子交往后，发现彼此可以给对方的那样多，于是他们互相帮助，成了亲密的朋友。小朋友，你有没有帮助过别人呢？如果帮助了，你就会发现，这是一件多么令人快乐的事！并且它能给你带来更多的朋友，所以每个人都应该从乐于助人开始与人交往。

做一做

我们在学习生活中，可以通过下面几个方面的努力，培养自己乐于助人的习惯。

1. 积极帮助犯错误的同学。每个同学都有缺点，都会犯错误，当和同学发生矛盾时，要静下心来，仔细想一想，怎样做才能更好地帮助别人改正缺点。这样多为别人着想，朋友会更多，性格会更开朗，生活会更有乐趣。

2. 换位思考。如果别人遇到困难，你不愿意帮助别人时，可以想象一下，如果是自己遇到了困难，希不希望别人帮忙，会不会从心里感谢帮忙的人？这样，就能渐渐明白，帮助别人是一件非常好的事情，举手之劳，就能带来很多快乐，也能得到真心的朋友。

3. 在平时生活中，遇到爷爷奶奶拎着东西，或者看到谁在很困难地做一件事情，如果你力所能及，就要主动去帮忙。

4. 不图回报。不能因为帮助了别人，就要求别人也帮助你，或者直接要财物作为回报。那样做，你的帮助就不是助人为乐，而是交易了。你帮助了别人，即使别人给你回报，你也要尽量拒绝。

48 妈妈爱丑娃娃

——培养珍视母爱的美德

美德故事

自从外号叫“白玉娃娃”的孩子定时被带到小公园来，原来在那里聚集的妈妈和她们的孩子们，就突然不见了。

不是不来，只是大家换了时间，避开跟“白玉娃娃”在一块儿。

“那孩子真是太漂亮了!就像是白玉雕的，线条鲜明，浓浓的眉毛下面，一双大得出奇像一泓潭水的眼睛；翘翘的鼻子，小嘴旁还挂着两个深深的酒窝呢!怎么世上最美的五官全长在她一人脸上了呢?我们娃娃两只眼睛都不如她一只大!”每个妈妈心里都这么想。有时不小心遇到“白玉娃娃”，更忍不住夸赞，那是忍不住，不得不赞叹。跟着便有些自惭形秽起来，连回家之后，都要对自己的娃娃左看右看，然后叹口气说：“为什么比人家的‘白玉娃娃’差得那么多呢?”

这种不平，大约持续了两三个月，突然妈妈们不再躲避了，她们甚至专在“白玉娃娃”出现的时间，抱着自己的宝宝去。

她们故意靠着“白玉娃娃”坐着，看着“白玉娃娃”，又看看自己的孩子，然后把手里的孩子搂得更紧，亲得更重，爱得更深：“你虽比不上‘白玉娃娃’漂亮，但妈妈疼你呀!妈妈爱你呀!你好伟大，让妈妈爱!妈妈好伟大，一心爱自己的丑娃娃!”

做一做

1. 妈妈是最美丽的。每个孩子在妈妈的心中都是最可爱最漂亮的，每个妈妈在孩子的心中也应该是最漂亮的。但是很多同学会因为妈妈不漂亮或者不时尚，而不让妈妈来学校，甚至感觉在同学们面前丢人，这都是错误的想法。

2. 理解妈妈的心意。顽皮的孩子们不可能不做错事，慈爱的妈妈们也不可能每次都宽容，然后耐心地教育。有时候，妈妈会真的生气，或许会很严厉地批评，或许会动手打你几下。这时你是不是认为妈妈不爱你了呢？不，妈妈是太爱你了！所以，我们不能跟妈妈赌气，要主动诚恳地承认错误，在错误中总结经验，保证以后不再犯，这样妈妈就不会再生气了。

3. 关心妈妈。天下的妈妈为了儿女的幸福，从不会计较要付出多少，会有多么辛苦。时刻生活在母爱里的孩子，也要时刻关心妈妈。看到妈妈累的时候，让妈妈休息一会儿；看到妈妈病的时候，给妈妈倒水拿药，给妈妈按摩。

4. 做一个让妈妈放心的好孩子。在学习上、交友上、作息习惯上、过马路时，都要让妈妈放心。从小做个听话的乖孩子，让妈妈少为你操点心。

花香思语

不论美丽还是丑陋，妈妈永远都最爱自己的娃娃，这是人的天性。所以小朋友们应该珍惜妈妈的爱，也应该同样用爱去回报妈妈。因为从生下你的那个时刻起，妈妈就不曾中断过对你的爱。这也是人间最伟大的爱！

49 凿壁偷光

——培养勤奋学习的美德

美德故事

西汉时，有一位著名的学者，名叫匡衡。

匡衡年轻的时候家境贫寒，甚至连蜡烛都买不起，一到夜晚，屋里就漆黑一片，伸手不见五指。

匡衡很好学，也很想读书，但是没有灯光，怎么办呢？

他见隔壁人家点着蜡烛，就在墙壁上悄悄地凿了一个小孔，让微微透过洞口的烛光映在书上。就这样，他常常学到深夜。

他们同乡有个大户人家，目不识丁，为了满足虚荣心，家里有很多藏书，但是却从来都不看。

匡衡听说后，就卷起铺盖上他家去做佣工。每天起五更，睡半夜，辛勤地工作，却不要一个工钱。

主人家很奇怪地问他要什么，他说："只要能读遍你家的藏书，我就满足了。"

主人很感叹，就把书借给他读。匡衡就这样勤奋读书，后来成了西汉有名的学者，在汉元帝的时候还做过丞相。

花香思语

环境和条件的好坏不是能不能用功学习的决定因素，所以小朋友们不应该以学习条件不好为借口而不努力学习。只有下定决心并努力将之付诸行动，才能使成绩进步，才能成为有用的人。

做一做

1. 珍惜时间。不管做任何事情，只要想成功，都必须珍惜时间。时间对每个人都是公平的，只有珍惜时间的人，才能挤出更多的时间，做更多的事情，取得更优异的成绩。

2. 持之以恒，坚持长期做一件事情，比如早上跑步，或者写日记。

3. 有责任感，知道什么时间做什么事情，而且做到今日事今日毕。比如上课就是认真学习，看电视就是专心看电视，今天的作业必须今天做完，不能拖到明天。

4. 多看名人传记和名人小时候的故事。他们无一例外的特点就是勤奋学习，你可以以此来激励自己。

50 狐狸自设陷阱

——培养团结友爱的美德